오늘도
구하겠습니다!

1퍼센트의 희망을 찾아서,
어느 소방관의 이야기

오늘도 구하겠습니다!

조이상 지음

푸른향기

힘든 곳, 뜨거운 곳, 아픈 곳, 위험한 곳,

빌딩 위, 호수 밑, 폭풍 속으로

언제 어디든 우리는 간다.

힘들지만 두렵지만, 내가 아니면 안 된다.

소명을 완수하다 순직한 소방관과

오늘도 현장 속으로 뛰어 들어가는

모든 소방관, 그리고

그 가족들에게 이 책을 바칩니다.

우리는 간다

작사/작곡 조이상

119
119

대전소방

119

119

119 구조대
FIRE RESCUE
119 구조대
FIRE RESCUE

저자가 초등학교 1학년 때 그린 소방관 그림

프롤로그

손 잡아주는 사람

"살려주세요! 살려주세요!"

자고 있는데 아래층에서 이런 소리가 들렸다고 신고자가 말했다. 현장에 도착했다. 1층 아파트 현관에서 3층을 올려다보니, 베란다에 어린아이의 실루엣이 어른거렸다.

"아가야! 혼자 있니? 엄마 어디 있어?"

물어도 대답이 돌아오지 않았다. 3층으로 올라가 함께 출동한 구조대원과 같이 현관문을 두드렸으나 아무도 나오지 않았다. 구조대원은 베란다 창문을 열어보자고 했다. 나는 우선 2층까지 닿을 수 있는 복식 사다리를 펼치고, 그 위에 한 층을 더 올라갈 수 있는 사다리를 3층 난간에 걸었다. 구조대원은 조심스럽게 올라가서 창문을 열고 집안으로 들어갔다.

우리는 구조대원이 열어준 현관문으로 들어갔다.

아이는 이불 속에 숨어있었다. 얼마나 무서웠는지 온몸을 떨면서 울고 있었다. 경찰이 확인해 보니 아버지는 야간 출근 중이었고, 아이를 봐야 하는 어머니는 어디론가 나갔다고 한다. 나는 아이의 작은 두 손을 꼭 잡고 말했다.

"괜찮아. 엄마 곧 오실 거니까, 조금만 참자!"

나는 대한민국의 소방관이다. 뉴스에 오르내리는 영웅적인 구조를 하지도 않았고, 소방 관련된 어떤 대회나 공로로 상을 받은 적도 없는 평범한 5년차 소방관이다. 조금 남다른 것이 있다면 기록하는 습관이 있다는 것이다. 현장에서 소방 활동을 하면서 틈날 때마다 내가 실수했거나 인상 깊었던 현장을 기록하고 의미를 찾았다.

소방관이 뭐 하는 직업이냐고 물으면 나는 대답한다.

"손을 잡아주는 일이에요."

내가 소방관이 된 후 한 일은 도움의 손길을 필요로 하는 이들의 손을 잡아주는 것이었다. 그것이 전부였다. 이 책에는 손을 잡아주는 소방관들의 다양한 모습이 그려져 있다.

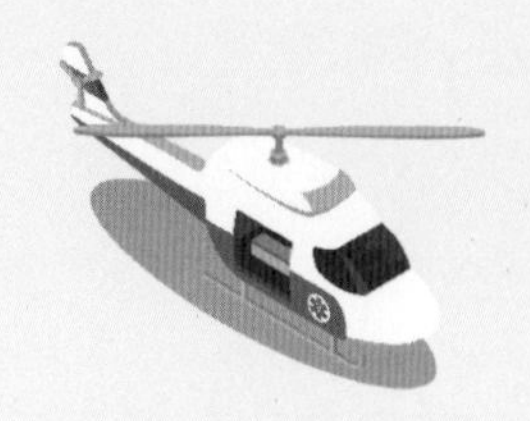

어떤 손은 너무 작았고, 어떤 손은 주름이 많았고, 어떤 손은 내밀 힘조차 없었다. 어떤 손은 더 꽉 잡아달라고 간절한 눈빛으로 말하기도 하였다. 하지만 어떤 손이든 일단 잡기만 하면 되었다. 실제로는 놓쳐버린 손이 더 많았으므로….

그 때문에 오랫동안 가슴 아파하기도 했지만, 내가 지켜낸 생명들 덕분에 나는 이제껏 이 일을 하고 있다. 하지만 이웃의 생명과 재산을 지키려 사투를 벌이다가 자신의 목숨을 지켜내지 못한 소방관들도 많다. 우리의 재산과 생명을 지켜주는 것은 단지 소방관의 일만은 아니다.

이 책을 읽은 독자 여러분께서 소방관들의 노고를 다시 한 번 떠올리고, 혹시라도 이웃이 곤경에 처했을 때 기꺼이 도움의 손길을 내밀어줄 수 있다면, 이 책을 냄비 받침대로 쓰셔도 무방하다.

* 책에 나오는 모든 내용은 사실이며, 소방관의 이름은 대부분 가명이고, 소방용어는 친숙한 단어로 바꾸려고 노력했다.

2부 훈련은 실전처럼, 실전은 훈련처럼

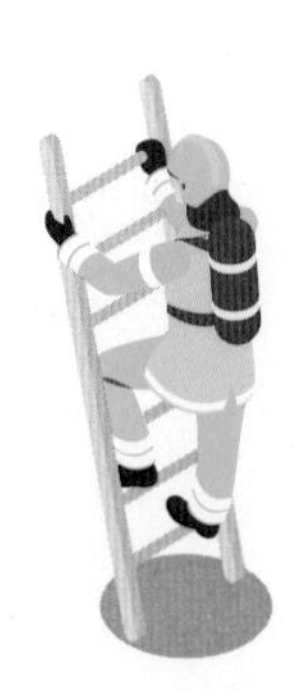

3부 구하겠습니다!

4부 지극히 작은 자 하나에게

1부

이기고 싶다면 몸을 먼저

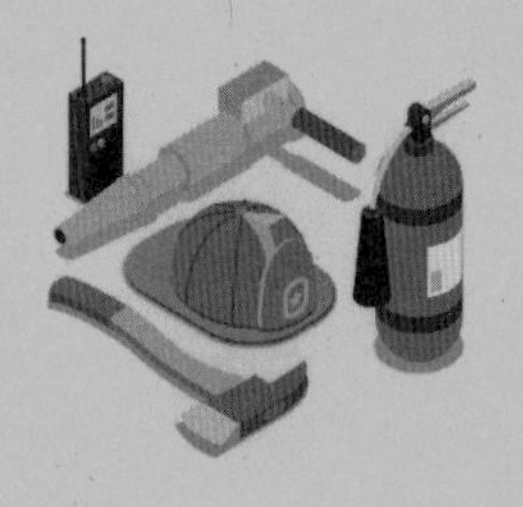

이기고 싶다면 몸을 먼저 만들어라

"팀장님, 도저히 못 가겠습니다!"

"이상아! 정신 차리고 내 뒤만 따라와!"

소형펌프차에서 내려서 앞을 보니 주차장은 검은 연기를 마구 토해내고 있었고, 아파트에서는 주민들이 뛰쳐나오고 있었다. 먼저 도착한 소방관은 나와 팀장님, 그리고 기관반장님뿐이었다.

팀장님은 소방호스 5본을 연장하고, 나는 땀나는 손으로 면체[1]를 바짝 조였다. 속으로 생각했다. 임용되면 큰 불이 난다는 설이 있는데, 혹시나 했더니 역시나였다.

팀장님은 35W 휴대용 탐조등을 어깨에 메고, 관창[2]을 들고 연기가 가득 찬 흑암으로 성큼성큼 걸어갔다. 나는 팀장님 뒤를 따라 한 걸음 한 걸음 지하로 들어갔다. 지옥이 있다면 이런 느낌일

---

1) 공기 호흡기의 구성 부품으로 안면부라고도 하며, 이름대로 얼굴에 대는 부분으로 방독면과 외형은 유사하다.

2) 소방호스 말단에 연결되어 소화용수를 화점에 방수하게 하는 토출기구.

지도 모르겠다.

지하 1층으로 들어갔는데, 50cm 앞이 보이지 않는다. 온통 연기라 어디로 가야 할지 모르겠다. 사실 한 발 한 발 내딛기도 버겁다. 면체가 벗겨지기라도 하면 바로 질식사이다. 아직 딸아이에게 아빠 소리도 못 들어봤는데….

팀장님은 왼쪽으로 방향을 틀었다. 나는 소방호스를 뒤에서 잡고 팀장님을 따라갔다. 30m정도 더 들어가니 희미하게 빨간색 화염이 보였다. 차량 3대가 불에 타고 있었다. 그곳에 방수해야 이 모든 것이 해결된다. 원인의 원인, 화재라는 몸의 심장인 바로 그곳을 없애야 실마리가 풀린다.

관창을 열었다. 5kgf/㎠ 압력의 물이 뿜어져 나온다. 이 정도 압력이면 물을 하늘로 쏘았을 때 50m까지 올릴 힘이다. 나는 팀장님이 최대한 힘을 안 들이고, 방수할 수 있게 무거운 부분을 잡고 보조해줘야 한다. 팀장님은 한 대의 차를 먼저 제압하고 나에게 말했다.

"창문 깨고, 요구조자[3] 있는지 확인해!"

팀장님은 처음부터 화재진압 활동보다 요구조자 유무를 머릿속에 생각하고 계셨던 것이다! 만능도끼로 차 창문을 깼으나, 다행히도 자살 기도자도, 잠을 자고 있는 사람도 없었다.

5분쯤 지났을까? 차 3대의 불을 어느 정도 잡았고, 요구조자도

---

3) 재난이나 사고로 인해 구조가 필요한 사람.

없는 것을 확인했다. 너무 힘들었다. 어제부터 지속된 감기 기운 때문일까? 가만히 서 있지도 못할 정도로 몸이 피곤했다. 팀장님께 말했다.

"후착대가 왔을 겁니다. 팀장님, 힘드신 것 같은데 교대하러 가시죠!"

"조금만 더 있다가 가자! 잔불도 다 없애고 가야지."

5년 있으면 퇴직하실 분이 체력도 좋다. 잔불을 꼼꼼히 제거했다. 내가 보기에는 화염이 없는데, 방수 또 방수다. 랜턴 불빛이 비쳤다.

후착대 한 팀이 소방호스를 들고 들어왔다.

"팀장님, 저희가 하겠습니다. 조금 쉬시죠!"

팀장님과 천천히 소방호스를 잡고 밖으로 나갔다. 면체를 벗었다. 거친 숨을 몰아쉬고 있을 때, 팀장님이 말씀하셨다.

"내가 쓰러지면 나를 업고 탈출해야 하는데, 네가 먼저 쓰러지겠구나!"

"오늘 컨디션이 안 좋습니다. 그런데 아까 갈림길에서 왼쪽 방향인지 어떻게 아셨습니까?"

"손과 얼굴로 열이 나오는 곳을 느끼는 거지."

내가 빨리 나가고 싶었던 이유는 체력이 부족해서이다. 유명한 드라마 「미생」에서 바둑선생님은 장그래에게 말한다.

"이기고 싶다면, 네 고민을 충분히 견뎌줄 몸을 먼저 만들어. 정신력은 체력의 보호 없이는 구호밖에 안 돼.”

소방현장 활동에는 각자의 몫이 있다. 그 몫을 제대로 수행하려면 우선 체력이 있어야 한다. 체력이 있고, 그 다음에 경험과 매뉴얼에 의존해서 화재를 진압하는 것이다. 어디 소방 활동뿐이겠는가?

체력을 키워야겠다고 마음을 먹었다. 철인3종경기가 생각났다. 나는 무언가 하고자 할 때 일단 시작하고 보는 스타일이다. 전남 장흥에서 열리는 철인3종경기가 눈에 들어왔다. 남은 기간은 4달이다. 등록부터 했다. 수영 750m, 사이클 20km, 마라톤 5km의 스프린트 코스에 신청했다. 수영은 50m 정도 가는 수준이었는데, 목표를 750m로 정하니, 시간이 꽤 걸렸지만 꾸준한 연습 끝에 목표에 다다를 수 있었다. 사이클 연습을 위해서 동료에게 쓸 만한 경기용 자전거도 빌렸다. 그리고 5km의 달리기도 일주일에 두 번씩 연습했다. 몸이 좋아짐을 느꼈다. 체중도 줄고 몸도 가벼워지니 무엇이든 할 수 있을 것 같았다.

직원들과 함께 축구를 했다. 몸이 좋아진 탓인지 몸싸움도 많이 하고 평소에 안 하던 개인기도 시도했다. 공이 날아오고 있었다. 나와 상대편 선수가 같이 뛰어갔다. 먼저 공을 잡기 위해 점프 후 착지하면서 공 트래핑을 시도했다. 실수로 공을 밟았고, 발목에서 두 번의 소리가 들렸다.

뚝,뚝!

다 무너졌구나. 직감이 왔다. 응급실에 실려 갔다. 초음파로 발목을 확인해 보니 발목인대 2개가 부분적으로 끊어졌다고 한다. 10년 동안 축구했는데, 이런 적은 처음이었다. 몸이 좋아졌다고 자만한 결과는 한 달간의 병가로 이어졌다. 체력을 키워서 철인3종경기에 나가고 제대로 현장활동을 해보겠다는 다짐은 당분간 중단되었다.

새내기 소방관인데 팀원들께 미안했다. 내가 빠지면 내 일을 나누어서 분담해야 되기 때문이다. 한 달간 열심히 재활하고 다시 사무실로 돌아왔다. 소방관 일이라는 것이 머리와 손으로만 하는 것이 아니고 발로 뛰어다니는 일이 많아서, 일하는 데 주위에서 많이 배려해주셨지만 미안한 마음을 감추기는 힘들었다. 하지만 한 달, 한 달 시간이 흐를수록 발목에 힘이 붙었고, 인대가 파열되고 두 달 만에 가벼운 러닝 정도는 할 수 있게 되었다.

가볍게 달리기를 하는 중이었다. 통증이 거의 없었다. 조금 더 멀리 갈 수 있을 거 같아서 더 뛰었다. 마침 지하주차장 화재가 났던 아파트 앞을 지나게 되었다. 화재가 난 지 3개월쯤 지났는데도, 아직 화재의 흔적이 많이 남아 있었다. 주차장에 가득했던 재는 거의 없어졌으나 페인트를 다시 칠하지 않아 흔적이 부분 부분 보였다.

끊어진 나의 인대도, 불이 난 지하주차장도 조금씩 자국이 남는

구나. 하지만 분명한 것은 파열된 인대의 흔적도, 화마의 흔적도 점점 지워지고 있다는 것이다. 다시 쌓아 올리면 된다. 철인3종 경기도 다시 도전하고, 어떤 불에도 무너지지 않는 체력을 만들어 보이리라!

장애물을 넘고 넘어

자정이 지난 새벽 한 시, 고요하다. 모두가 다 잠들어 있을 때, 긴장이 풀어졌을 때, 출동벨은 예고 없이 울린다. 시내 노래방 화재이다. 긴급한 화재라고 판단한 오 반장님은 출동지령서 넉 장을 뽑으라고 했다. 소형펌프차, 중형펌프차, 화학차, 고가사다리차. 프린터 설정에서 매수를 4장이라고 누르고 뽑았으면 되는데, 긴장한 탓인지 실수로 한 장 한 장 뽑았다. 그래서 총 4장의 지령서를 뽑는데 30초나 걸렸다. 선착대장님의 급한 목소리가 나를 재촉한다.

"빨리 안 와?"

나는 선착대 소형펌프차 기관원이다. 기관원은 소방차를 운전하는 소방관이다. 작지만 기동성이 좋은 소형펌프차이기 때문에 나는 가장 빨리 움직여야 한다. 화재가 발생했을 경우, 빨리 현장에 관창 들고 들어가서 초기 10분을 버텨주면 중형펌프차나 물탱크차가 와서 물이 고갈된 소형펌프차에 물을 공급해준다.

그런데 30초나 지체를 했기에 대장님은 적절한 지적을 하셨다. 화재가 났을 때는 무조건 빨리 가는 것이 좋다. 하지만 초보 소방관이라 그런지 출동 명령이 내려지면 긴장 탓에 생각만큼 몸이 움직여 주지 않았다.

소형펌프차의 기관원은 그 지역 지리의 달인이 담당한다. 주소가 있고 AVL이라는 소방전용 내비게이션이 있지만, 주소가 다를 수도 있고 내비게이션이 고장 날 수도 있기에 실수를 최대한 줄일 수 있는 사람이 소형펌프차 기관원이 되어야 한다.

소형펌프차가 치고 나가면 중형펌프차, 물탱크차, 지휘차, 고가사다리차, 구급차가 뒤따라간다. 그만큼 중요한 역할이다. 나아가서 30초, 1분을 지체한다면 불이 어디로 번질지 모르고, 어떤 심각한 상황이 벌어질지 예측할 수 없다.

출동지령서 사건 이후로는 머리가 헝클어지든, 양치질하든, 밥을 먹든 일단 뛰어나가는 것이 습관이 되었다. 그리고 주소와 단말기와 오감을 이용해서 목적지를 찾는다. 나의 민첩성과 판단력에 따라 사람들의 생사가 달려있고, 뒤따라오는 차들을 책임지는 선착대 기관원은 바로 나이기 때문이다.

어느 정도 담당 119안전센터(이후 센터로 표기) 지리도 익숙해졌다. 지역 지리는 걸어 다니면서 익히는 것이 최고다. 학교나 아파트, 요양원들도 하나하나 보면서 위치를 익혔다. 웬만한 출동도 큰 무리 없이 해냈다. 가끔은 대응팀 선배님들에게 칭찬도 들었다. 물론 혼나는 일이 더 많았다. 그런데 나의 노력만으로는 화재를 완벽하게 진압할 수 없다는 것을 깨닫게 된 계기가 있었다.

아파트 화재 출동 지령이 접수되었다. 4층에서 불이 난 것이다. 소형펌프차를 타고 달려갔다. 그런데 불법주차 때문에 아파트 출입구로 진입하는 길이 좁아서 들어갈 수 없었다. 식은땀이 났다. 화염이 분출되는 지점까지의 거리는 약 50m정도다. 선착대장님은 선탑자리에서 문을 열고 화점을 향해 뛰었다. 옥내소화전을 이용하시려나 보다. 뒤에 있던 박 반장은 40mm 소방호스 몇 개를 연장해서 뛰어갔다. 팀장님은 옥내소화전으로 불을 끄고, 박 반장은 차량의 소방펌프를 이용해서 소방호스로 불을 끄려는 듯 보였다.

유튜브에서 본 외국 어느 나라는 아파트에 불이 났을 때 불법주차된 차량을 소방차로 밀어버리던데, 나도 불법주차 차량을 소방차로 밀어버리고 싶었지만 외벌이라 차마 그럴 수가 없었다.

'긴급상황'이란 단어를 국어사전에서 찾아보면, '매우 급히 수습해야 하는 상황'이라고 나오고, 영영사전의 뜻을 빌려보면 '예상치 못한 사건이나, 위험한 상황, 특히 사고가 갑자기 발생하여 이를 처리하기 위해 신속한 조치가 필요한 상황'이라고 표현한다.

긴급상황을 해결하기 위해서 우리는 간다. 그런데 그 길에는 수많은 장애물이 놓여있다. 내가 높이 뛰어서 넘어갈 수 있는 장애물도 있지만, 너무 높아서 넘어갈 수 없는 장애물도 있다. 그것은 교통상황, 불법주차, 고장 난 옥내 소화전 펌프, 소화전에 주정차된 차량 등 다양하다. 어느 국가에서는 그 장애물을 손으로 밀고 넘어가는데, 대한민국은 장애물이 다칠까 봐 돌아서 가야 한다. 왜 장애물이 다칠까 봐 염려해야 하는가? 장애물이 사람의 생명보다 더 중요한 나라를 과연 선진국이라 할 수 있을까?

나는 바란다. 언젠가는 내 달리기도 더 빨라지고, 장애물의 높이도 낮아지고, 때로는 손으로 장애물을 밀치고 달려도 누가 뭐라고 하지 않아 거기서 애타게 도움의 손길을 기다리고 있는 요구조자의 손을 더 빠르게 잡아줄 날이 오기를.

잃어버린 신발 한 짝

새벽 2시, 야간근무 시간이다. 사람들은 밤에 잠을 잔다. 하지만 불이란 놈은 감시의 눈이 없을 때 암처럼 퍼진다.

화재 출동벨이 울렸다. 중형펌프차 진압대원으로 화재장소로 달렸다. 낮보다 훨씬 빠른 속도이겠지만, 우리는 조급하기만 하다. 18km의 상당한 거리 때문이었을까? 그런데 도착하여 급수하려하니 이미 화재가 완진된 것이 아닌가.

허탈하기도 했지만 반갑기도 한 것이 사실이다. 다시 센터로 들어왔다. 안전화를 벗고 평소에 신고 다니는 활동화를 찾았으나 보이지 않았다. 현장에서 떨어뜨렸나 보다.

역시 난 풋내기 소방관이었다. 누구에게도 말하지 않고 조용히 근무가 끝나기를 기다렸다. 긁어 부스럼 만들기 싫다! 야간근무가 끝나고 혼자서 어제의 화재 현장으로 갔다. 두리번거리니 나의 활동화 한 짝이 버려진 듯 놓여 있었다.

새내기 시절의 화재진압 활동은 숲속에서 앞만 보고 가는 것과 같다. 전체적인 무엇인가를 보는 것보다는 지시에 의해 진압, 구조, 구급활동을 한다. 하지만 오늘같이 진압 활동이 끝난 후에는 숲 전체를 볼 기회가 주어진다.

다시 한 번 화재 현장을 둘러보았다. 천천히 건물을 둘러봤다. 철물점인데 방 하나가 완전히 불에 탔다. 여쭈어 보니 끄지 않은 가스 불이 원인이라고 한다. 온통 검은색이다. 주인으로 보이는 아주머니는 아직 쓸 만한 물건을 분류하고 있었다. 그분의 눈이 너무 슬퍼 보였다. 마치 모든 것을 잃은 사람처럼….

화재는 단순히 공간과 물건만 앗아가는 것이 아니다. 사진첩에 담아두었던 과거의 기억, 그곳에서 만들어가던 소중한 추억까지 가리지 않고 전부 삼켜버린다.

며칠 뒤, 퇴근 후 방문을 열었는데 집 안에 열기가 가득 느껴졌다. 아침에 밥을 해 먹고 완전히 가스레인지 불을 끄지 않은 것이었다. 다행히 약한 불이어서 화재로 번지지 않았다. 나 역시 참극의 주인공이 될 수도 있었다.

최근 화재와 나의 실수를 되새기며 어머니께 출타 시 가스 불은 꼭 잠가 놓으시라고 이야기했다. 옆에서 통화를 듣던 아내가 "당신이나 잘하셔."라고 웃으며 말했다. 아무런 반박을 할 수 없어 고개를 숙였다.

나중에 들은 이야기지만, 부모님 집에서도 가스 불을 끄지 않아 큰 화재 직전까지 간 일이 며칠 전에 있었다고 한다. 그 후 가스 자동차단기를 설치했다는 말을 들었다. 등잔 밑이 어둡다. 화마는 항상 우리 주변에 소리 없이 도사리고 있다가 긴장이 풀어지는 순간 튀어나온다. 조금만 주의를 게을리 하면 귀중한 재산뿐만 아니라 사랑하는 기억까지 잃을 수가 있다. 참극의 주인공이 되지는 말자.

작은 불씨 하나라도

집에서 잠을 자고 있는데 비상소집 전화가 와서 벌떡 일어났다. 배터리 공장에서 화재가 났으니 집합하라는 전화였다.

처음으로 걸리는 비상소집이다. 대응1단계[4] 발령이다.

일단 센터로 가서 개인보호장비[5]를 챙긴 후에, 오 반장님과 함께 현장으로 이동했다. 경험 많은 오 반장님과 같이 있어 든든했다. 믿을 만한 선임이 있는 것은 큰 축복이다. 그는 신규직원보다 더 열심히 일하면서도 할 일을 찾았고, 누구보다 많이 알고 있으면서 그 지식을 누구보다 많이 공유했다. 소방관의 기본자세에 대해서 많이 알려주셨고, 나는 반장님에게 많이 의지했다.

현장에 가보니 큰 건물이다. 화재가 난 건물의 총면적은 4,000 ㎡라고 한다. 축구장의 길이가 보통 100m, 너비가 60m 정도니

---

4) '대응1단계'는 관내 전체소방력(소방관, 소방차, 소방용수)이 출동하는 것이다. '대응2단계'는 인접 소방서 소방력까지 동원되는 것이다. '대응3단계'는 다른 시·도에서 소방력이 총동원되는 것을 말한다.
5) 방화복과 면체 등 11종의 개인을 보호할 수 있는 장비를 의미한다.

총면적은 6,000㎡이 된다. 축구장과 얼추 비슷한 면적이었다. 아산소방서의 모든 소방관이 모여 있었다. 선착대가 현장에 도착했을 때 이미 최성기[6]에 들어섰다면 감당하기는 어려웠을 듯 보인다. 구역을 6개로 나누어 4명이 한 팀을 이루어 교대로 화재진압 활동을 했다. 두 시간 남짓 걸려서 큰불이 잡혔다. 하지만 아직 잔불이 남아 있다.

화재진압단계는 총 6단계로 이루어진다. 접수, 출동, 도착, 초진, 완진, 귀소이다. 그중 화재진압상황은 '초진'과 '완진'으로 나뉜다. '초진'은 지휘관 판단으로 화재가 충분히 진압된 상태다. '완진'은 큰 불길을 잡아 더 이상 번질 위험이 없고 불꽃이 없어진 상태이다.

2020년 2월부터는 초진과 완진 사이에 '잔불정리' 단계가 추가되었고, 또한 귀소 후 '잔불감시'가 추가되었다. 이렇게 함으로써 재발의 염려를 더욱 줄이고자 매뉴얼을 개정해 가고 있다.

군대에서 승리는 공군의 전투기 폭격이 아니라 육군이 소총을 들고 적진에 발로 뛰어 들어가 깃발을 꽂아야 이긴 것이다. 마찬가지로 화재진압의 마무리는 잔불정리가 들어가야 한다. 불씨 하나라도 남겨 놓으면 안 된다. 실제로 잔불이 되살아나서 재출동하는 경우도 종종 있다. 그래서 맨눈으로 보기 어려울 때는 열화상 카

---

6) 건축물의 화재진행단계는 초기,성장기,최성기,종기 순으로 나뉜다. 최성기는 화세가 가장 왕성한 시기다.

메라로 화재 지역 전부를 꼼꼼하게 확인해야 한다. 그리고 '완진선언'을 해야 한다. 그리고 '잔불감시'를 위해서 펌프차 한 대는 남아서 지켜봐야 한다. 세 시간에 걸쳐서 잔불정리를 하고 서장님께서 '완진선언'을 했다.

이번 화재로 4억8천만 원 상당의 피해가 발생한 것으로 추정했고, 화재 당시 직원들이 모두 퇴근한 상태여서 인명피해는 발생하지 않았다. 그 공장은 전자제품 배터리를 납품하는 곳이었고, 청소기 배터리 연구실에서 화재가 처음 발생한 것으로 파악되었다. 나중에 세부조사는 진행될 것이다.

무엇이든 마무리가 중요한 것 같다. 설거지의 마무리는 물기까지 제거해야 되고, 직장의 마무리는 인수인계와 그럴듯한 사직서이고, 연애의 마무리는 결혼이다. '시작이 반이다.'라는 말도 있지만, 화재진압활동에서는 작은 불씨 하나를 놓치면 아무것도 안한 것과 같다.

아들러의 목적론

구조 출동벨이 울렸다. 우리 관할은 아니고 이웃 관할이었는데, 그 지역 소방차들이 모두 출동 나간 상황이어서 우리 센터가 지원 나가게 되었다. 나는 출동 중에 상황 파악을 하기 위해서 신고자에게 전화를 걸었다.

"아파트 2층인데요. 방 안에서 아이가 문을 잠갔어요."

문을 파괴하지 않으면 이른 시간 안에 문을 따기는 쉽지 않다. 긴급 상황이라면 동력절단기로 파괴하면 되지만, 이번 건은 긴급 상황이라고 보기 어렵다. 하지만 2층이라면 복식 사다리를 이용해서 방으로 들어갈 수 있을 것이다. 현장으로 가면서 시뮬레이션을 해봤다. 거리가 있어서 목적지까지는 20분이 걸렸다.

요구조자의 어머니는 안절부절못하고 있었다. 아이의 엄마 옆에는 회사에서 방금 달려온 듯한 아버지가 있었고, 한눈에 봐도 화가 단단히 난 것 같았다.

"신고를 언제 했는데 이렇게 늦게 와요? 나랏돈 받고 너무하네!"

틀린 이야기는 아니었지만, 내 얼굴은 화끈 달아오르고 말았다.

나도 그들의 사정을 모르고, 그들도 멀리서 출동해서 최대한 빨리 온 우리의 사정을 모르리라. 힐끔 본 팀장님의 표정도 좋지는 않다. 아이 아버지가 계속 우리에게 화를 내고 있는 동안에도, 우리가 기분 나빠하고 있는 순간에도 아이는 방 안에서 울고 있었다.

마흔 살 된 진 반장님은 사다리를 타고 올라가면서 특유의 변성기가 안 지난 목소리로 아이에게 외쳤다.

"괜찮다! 소방관 아저씨가 왔어요. 늦어서 미안하다!"

우리의 목적은 아이를 구하고 안심시키는 게 아니었던가? 심리학자 아들러(Alfred Adler)는 우리의 현재 행동에 영향을 주는 것은 목적에 있다고 했다. 진 반장님은 출동의 목적을 분명하게 알고 있었다. 출동의 목적을 알고 있으면 누가 흔들어도 목표를 향해 간다. 나머지는 다 곁가지다.

이 법은 화재를 예방·경계하거나 진압하고 화재, 재난 · 재해, 그 밖의 위급한 상황에서의 구조·구급활동 등을 통하여 국민의 생명·신체 및 재산을 보호함으로써 공공의 안녕 및 질서 유지와 복리 증진에 이바지함을 목적으로 한다.

– 소방기본법 제1조

소방기본법 제1조를 외우면서 사다리를 타고 올라갔다. 이렇게 바꿔 말하면서.

“화재, 구조, 구급 상황에서 나는 국민의 생명과 재산을 보호하고, 그들을 행복하게 한다.”

주문 외우듯이 이 문장을 중얼거리면서 창문을 개방하고 들어갔다. 아이를 안심시키고 방문을 열었다. 아이의 엄마는 방으로 들어와 와락 아이를 껴안았다.

나는 우두커니 서서 엄마의 표정을 바라보았다. 그 감격스러운 표정을 잊을 수가 없다. 아이의 아빠도 아이를 껴안았다.

됐다. 이것으로 충분하다.

이것만으로도 나의 격해진 감정은 누그러들었다. 이런 감동의 드라마를 공짜로 봤으면 된 거다. 아이의 엄마는 고맙다고 두 번, 세 번 고개를 숙여 감사를 표했다. 아이의 아빠도 멋쩍어하며 고맙다고 말했다. 나는 아이의 부모를 향해 큰일이 없어서 다행이라고 말씀드렸다.

‘아들러 할아버지, 고마워요. 소방의 목적만 생각하면서 누가 옆에서 말로 꾹꾹 찔러도 흔들리지 않을게요.’

이렇게 다짐해도 흔들리지 않기는 쉽지 않았다. 그 후 또 한 번의 강력한 시험이 있었고, 그 이후로 완전히 나는 앞만 보고 가게 되었다.

진급하고 쌍용119안전센터로 온 지 1년 후 구급기관원으로 보직이 바뀌었다. 쌍용119안전센터는 환자 이송 건수가 충남에서 가장 많은 센터였다.

어느 날 구급출동 신고가 들어왔다. 팔 골절 환자였다. 찍힌 주소는 대학병원 근처였다. 현장에 도착해서 보니 부부가 있었다. 타 지역에서 와서 병원 응급실을 못 찾는 것이었다. 내가 말실수를 하고 말았다.

"100m만 내려가면 바로 응급실이 있어요."

남편의 표정이 좋지 않았다. 그의 심기를 건드린 모양이었다. 두 명의 구급대원이 환자를 구급차로 이동시키는 것을 나는 그저 지켜보고만 있었다. 그러자 갑자기 남편이 내 손을 낚아채더니 자신의 아내를 부축케 하면서 말했다.

"좀 적극적으로 하란 말이에요!"

얼굴이 후끈 달아올랐다. 한마디 하고 싶었지만, 꾹 참았다. 틀린 말은 아니었기 때문이다. 급하게 환자를 근처 대학병원 응급실로 이송했다.

복귀하면서 시무룩해진 나를 보고 우 반장이 말했다.

"반장님, 이 정도는 아무것도 아니에요. 어떤 사람은 술에 취해서 구급대원을 때리고, 어떤 사람은 5분 안에 출동을 안 했다며 윽박지르는 사람도 있어요. 몇 번 겪다 보면 그냥 무덤덤해져요. 냉소적으로 변한다고나 할까요?"

감정이란 생명에게 주어지는 축복이다. 동물이든 사람이든 기쁘면 웃음이 나오고, 기분이 안 좋으면 표정이 어두워진다. 소방관은 그런 감정을 넘어서서 목적을 먼저 생각해야 한다.

그 이후로 많은 현장 활동에서 몇 번의 마찰이 더 있었지만, 그다지 기분이 상하지 않았다. 잘못한 것은 미안하다고 하면 되고, 억지를 부리면 무시하면 되고, 혹 폭행을 하려 하면 '웨어러블 캠'을 작동시키면 되는 것이다.

현장이 나에게 가르쳐준 첫 번째 가르침은 '목적만 생각하자!'이다.

BST vs BTS

11월인데 벌써부터 날씨가 춥다. 아니면 내 마음이 추운 걸까? 변화하는 계절은 우리에게 생동감과 긴장감을 준다. 겨울이 있기에 긴장하고 봄을 기다리게 한다. 여름만 있다면 우리는 나무늘보처럼 매일 늘어져 있을지도 모른다.

기온이 떨어지면 온기를 만들어야 한다. 온기는 잘 쓰이면 몸과 마음을 따뜻하게 해준다. 하지만 잘못 사용하면 몸과 마음이 다치고, 우리는 또 출동해야 한다.

나아가서 춥다는 것은 동사할 확률도 높다는 것을 의미한다. 21세기에 무슨 동사냐고 반문할 수도 있다. 하지만 적지 않게 그런 일이 일어나고 있는 것이 현실이다. 오늘 출동도 그런 안타까운 일 중 하나였다.

새벽 4시, 모 아파트 경비아저씨는 119를 눌렀다. 순찰 중에 어느 아주머니가 쓰러진 것을 발견했다는 것이다. 우리는 수없이 많은 환자 중의 하나인 주취자일 거라고 생각했다. 도착해보니 술 냄새도 제법 풍겼다.

주취자라고 판단된 환자의 휴대폰을 꺼내 남편에게 연락했다. 남편은 쓰러진 곳 바로 뒤에 아파트의 동에 있었다.

"새벽 1시에 나가더니 여기 있었네."

나는 속으로 아파트 1층으로 내려와 보기만 했어도 찾을 수 있었을 것이라고 생각했다.

바로 근처 대학병원으로 이송했다. 새벽이라 3분밖에 걸리지 않았다. 간호사에게 환자를 인계하는 시간이다.

담당 간호사가 혈당 체크하면서 얼굴이 사색이 되었다. 혈당이 40mg/dL이라는 것이다. 혈당이 40mg/dL이면 저혈당이다. 정상인의 혈액은 약 80~125mg/dL로 유지되어야 한다. 성인의 경우 공복시 126mg/dL 이상, 식후 2시간 후 200mg/dL 이상일 경우 당뇨병으로 진단을 하며, 80mg/dl 이하, 저혈당 증상[7]이 동반되면 급성 저혈당이라고 의심한다. 단순화시켜 말하자면 몸에 에너지가 없다는 것이다. 그제야 비로소 주취자가 아님을 알아챘다. 그분은 술 때문이 아니라 저혈당이라 쓰러진 것이었다.

굳이 변명을 하자면 술 냄새에 가려 내 눈에도 저혈당이 보이지 않았다. 환자를 병원 베드로 옮기는 도중 분홍색 가운을 입은 간

7) 저혈당의 대표적인 증상은 기운 없고 몸의 떨림이 있으며, 식은땀, 현기증, 두통 피로감 등이 있다.

호사가 나에게 왜 BST검사[8]를 안했냐고 다그쳤다. 처음에는 그냥 무시했는데 계속 물어봤다.

'생명이 위험한데 너희 소방관이 초기 환자평가를 제대로 못했어!'라고 말을 돌려 하는 듯했다. 누군가가 나에게 무엇인가를 물어본다면 최대한 친절하게 쉽게 설명을 해주어야 한다는 것이 평소 나의 지론이지만, 이번에는 본능적으로 미란다원칙(?)에 의거해 묵비권을 행사했다. 그러나 재차 다그치는 간호사에게 나는 'BTS(방탄소년단)밖에 모릅니다.'라고 말하고 싶었지만 "죄송합니다."라고 말했다.

사실 나는 2급 응급구조사라는 핑계로 1급 구급대원에 보조만 맞추고 있었는지도 모르겠다. 이론을 그렇게나 많이 공부하고 말이다. 하여튼 나는 그 간호사 덕분에 BST는 확실하게 배웠다. 그리고 그 대학병원에서 유일하게 안부까지 묻는 사이가 되었다.

우연히 그 간호사에게 진짜 소방관이 되기 위한 두 번째 가르침을 얻었다. 그것은 '**기본에 충실하자.**'이다.

---

8) Blood Sugar Test, 혈당 체크

육방선생

소방사, 소방교[9]는 대외적으로 '반장(소방공무원 예절규정 근거)'이라고 불린다. 하지만 친밀한 관계이거나 재미있는 선배님들은 누군가 호칭할 때 별명을 부르기도 한다. 나는 크리스천이라 '조 집사'라고 불리기도 하고 '육방선생'이라고 불리기도 한다. '육방선생'이라고 불리게 된 사연이 있다.

어느 날 벌집제거 신고가 들어왔다. 벌집제거 신고는 '생활안전활동'에 포함된다. 기본적으로 소방기본법 1조[10]에 해당하진 않지만, 생활함에 있어서 조금 더 안전하게 생활해 나가게 하는 예방적·적극적 조치가 생활안전활동이다. 예를 들면 고드름제거, 벌집

9) 일반 공무원이 9급, 8급으로 계급이 올라가듯이 소방관은 소방사, 소방교, 소방장 순으로 직급이 올라간다.

10) 이 법은 화재를 예방 · 경계하거나 진압하고 화재, 재난 · 재해, 그 밖의 위급한 상황에서의 구조 · 구급활동 등을 통하여 국민의 생명 · 신체 및 재산을 보호함으로써 공공의 안녕 및 질서 유지와 복리 증진에 이바지함을 목적으로 한다.

제거, 위험 구조물의 제거 활동이 이에 해당된다. 농촌에서는 벌집 제거 요청신고가 가장 많다.

벌집제거 출동할 때는 안전하게 벌집제거 보호복(이하 보호복)을 입고 작업한다. 그런데 여름에는 보호복을 입는 것이 너무 번잡스럽고 덥다. 그래서 요즘에는 미니 선풍기가 달린 보호복까지 나왔다. 새롭고 효율적인 장비를 고안하고 만들어 주는 분들에게 감사한다.

현장에 도착했다. 2층 높이의 처마에 매달린 말벌집이 보였다. 우와! 이럴 수가…. 지금까지 내가 본 말벌집 중에 가장 컸다. 보통 말벌집은 럭비공을 세운 모양이고, 조개껍데기를 붙여 놓은 것 같다. 오늘 만난 벌집은 내 몸통의 절반 정도나 되는 크기였다. 무더위 속에 비는 부슬부슬 내렸다.

말벌들아! 너희들에게 말벌집은 의식주 중에 중요한 '주'이지만, 어쩔 수 없다. 신고가 들어왔다. 이해하시라. 작업 시작한다. 복식 사다리를 펼쳤다. 팀장님은 아래 쪽에서 사다리를 잡아주었다. 나는 한 손에 수거용 봉지와 말벌 살충제를 들고 다른 한 손으로 가로대를 잡으며 한 발 한 발 올라갔다. 수거용 봉지를 이용해서 말벌집과 그 안에 있는 말벌을 모두 담으려 했다. 그런데 막상 사다리에 올라가니 자세가 나오지 않았다. 무리해서 작업하면 떨어질 것 같았다. 땀방울이 흘러내렸다. 하는 수 없이 작전상 후퇴하고 사다리에서 내려왔다.

사다리 위치를 재조정했다. 다시 올라갔다. 눈치를 챈 몇몇 말벌들은 벌집에서 나와 내 주위를 빙빙 돌고 있었다. 사다리 위에서 자리잡은 내 자세는 아직도 안정되지 못하고 불안했다. 그냥 해보자! 되는 대로 말벌집과 벌을 수거용 봉지 안에 넣었다. 70% 정도만 포획할 수 있었다. 깜짝 놀란 수십만 대군, 아니 수백 마리 말벌이 날아다니면서 침략자인 나를 공격했다. 공격에 실패하면 반격이 있는 법이다.

보호복이 있으니 괜찮을 거라 생각하면서 수거용 봉지를 추스르고 있었다.

별안간 말벌 한 마리가 내 턱을 공격했다. 묵직한 펀치였다. 그제야 벌집제거 보호복의 턱 부분은 환기를 목적으로 망사로 되어있다는 사실이 떠올랐다. 아차, 하는 사이에 다시 한 번 말벌에게 당했다. 사다리에서 떨어질 뻔했으나 조심조심 내려왔다. 팀장님은 걱정스러운 얼굴로 괜찮냐고 말씀하셨다.

"턱에 두 방 쏘였는데, 참을만합니다."

다시 올라가서 벌집 주변에 살충제를 뿌리면서 완벽하게 벌과 벌집을 제거했다. 내려오는 도중에 누가 옆구리를 찌르는 것 같았다. 보호복 위를 손으로 쳤다. 혹시 구멍이 났나? 그런데 누가 또 찌르는 느낌이 왔다. 다시 손으로 툭툭 쳤다. 벌이 보호복 안으로 들어온 것이다. 허겁지겁 보호복을 벗었다. 그 와중에 두 방을 더 쏘였다. 말벌 한 마리가 보호복 안에서 나왔다.

나중에 거울을 보니 옆구리에는 네 방의 벌자국이 생겼다. 턱에도 두 방을 쏘였다. 그렇게 나는 '육방선생'이 되었다.

자칫하면 큰일 날 뻔했다. 교과서에서 배운 '아나필락시스 쇼크'가 온다면 말이다. 말벌 독이 몸에 들어오면 내 몸은 무기를 생산한다. 백혈구의 일종인 B세포가 IgE(Immunoglobulin E)항체를 생산한다. 이 항체가 무기이고, 이 무기는 전투병인 B세포의 손에 주어진다. 일반인의 경우에는 이 무기는 전투가 끝나면 B세포의 손에서 떨어져서 무장해제가 된다. 하지만 알레르기 체질은 전투가 끝나도 계속 B세포의 손에서 무기가 떨어지지 않는다.

시간이 흐를수록 이 무기는 녹이 슬고 약해진다. 그래서 다시 '적'이 들어올 때는 이 무기로 싸울 수가 없게 되는 것이다. 그래서 몸은 최후의 보루로 특수무기인 '히스타민'을 방출한다. 이 히스타민은 독을 제거하지만 동시에 기관지 수축, 모세혈관 확장 등의 부작용으로 이어진다. 이 현상을 '아나필락시스 쇼크(Anaphylaxis Shock)'라고 부른다.

사람에 따라서 아나필락시스 쇼크로 벌침 맞은 부위가 크게 부어오르기도 하고, 호흡곤란 현상도 발생하고, 최악으로는 심정지가 오기도 한다. 하지만 나는 큰 타격은 없었다. 처음이라 그런 건지, 알레르기 체질이 아니어서 그런 건지 알 수는 없다.

그렇다고 원인을 찾기 위해 다시 한 번 벌침을 맞을 생각은 추호도 없다.

매년 대한민국 소방관은 약 14만 건의 벌집 제거 신고에 출동한다.[11] 그리고 매년 약 7천 건의 벌쏘임 환자를 이송하고 10~20명이 말벌에 쏘여 사망한다.

나는 운이 좋았을 뿐이다. 말벌에는 당해낼 재간이 없다.

---

11) 2019년 소방청 통계연보

아기 울음소리

나에겐 네 살 된 딸아이가 있다. 눈은 나를 닮았고, 입은 아내를 닮았고, 엉뚱한 것은 나와 비슷하고 활발한 것은 아내를 빼닮았다. 너무 귀엽다. 나 역시 대한민국 수많은 딸 바보 중의 하나이다.

어느 날 딸아이가 떡을 먹다가 목에 걸렸는지 헛기침을 계속했다. 배운 대로 하임리히법[12]을 하려고 했는데, 다행히 떡은 아이의 목을 통과해서 위로 들어선 것 같았다. 한숨을 돌렸다. 딸을 낳고 키우다 보니, 아이가 얼마나 소중하고 사랑스러운지 이제는 알 것 같다. 우리 딸은 아기에서 아이로 성장했지만, 이런 일을 접할 때마다 아기와 관련된 몇 가지 사건이 떠오른다.

아기가 숨을 쉬지 않는다는 신고가 들어왔다. 딸아이를 생각하

12) 하임리히법(Heimlich maneuver)은 기도가 이물질로 폐쇄되었을 때 하는 응급처치법이다. 어른의 경우에는 뒤에서 양팔로 환자를 안고 칼 돌기와 배꼽 사이의 공간을 주먹으로 밀어 올린다. 기도가 완전히 막혔을 경우에 시행한다. 기도가 완벽하게 막히지 않았을 경우 기침을 유도한다.

며 구급차 액셀을 밟았다. 거리가 가까워 5분 만에 현장에 도착했다. 아파트 현관문을 열었다.

어머니는 흉부압박을 하고 있었고, 4살쯤 된 큰딸은 물끄러미 엄마를 지켜보고 있었다. 아기의 얼굴에는 청색증[13]이 보였다.

"어머니! 나오세요. 우리가 하겠습니다."

의식, 호흡, 맥박이 없음을 확인했다. 수동제세동기[14]의 소아전용 패드를 아기의 몸에 붙이고 전원을 켰다. 무수축리듬(Asystole)이었다. 우 반장은 영아 흉부압박을 실시했다. 나는 산소를 연결해서 지 반장에게 전달했다. 지 반장은 기도 유지를 한 채 백밸브 마스크로 15L/min의 산소를 아기에게 주었다.

아기는 태어난 지 90일이 지났다고 한다. 요를 손으로 눌러보았다. 너무 푹신했다. 이유는 묻지 않아도 분명했다.

"다 제 잘못이에요! 제 잘못이에요! 우리 아기…."

"어머니, 최종적으로 정상적인 상태의 아이를 본 것이 몇 분 전이에요?"

"20분쯤 된 거 같아요. 아기 재우고 설거지하다가 다시 돌아오니, 아이가 뒤집어져 있었어요."

영아 심폐소생술을 계속 실시했다. 어머니는 계속 오열했다.

2분간 한 사이클 심폐소생술 후 바로 병원이송을 결정했다. 우

---

13) 청색증은 피부와 점막이 푸른색을 띄는 것으로 산소 부족으로 인해 온몸이 파랗게 변하게 된다.

14) 심실세동 또는 심실빈맥으로 인해 심장의 기능이 정지하거나 호흡이 멈추었을 때 사용하는 응급처치 기기로, 심장리듬 또한 확인할 수 있다.

반장과 지 반장은 아기를 들고, 나는 아기의 언니를 안고 나갔다. 우리 딸보다 조금 가벼웠다. 큰아이가 말했다.

"엠버 아저씨! 무슨 일이에요? 엄마가 왜 이렇게 울어요?"

근처 소아청소년과 응급실이 있는 대학병원으로 정신없이 달렸다.

우 반장과 지 반장은 축 처진 아기를 안고 응급실 안으로 뛰어 들어갔고, 오열하는 어머니와 큰아이도 응급실로 뛰어 들어갔다.

응급실에서는 2시간가량 심폐소생술을 시행했지만, 결국 심장이 다시 돌아오지 않아 의사는 사망 판정을 내렸다. 원인은 뒤집기로 인한 질식사였다.

어머니는 아기가 뒤집기를 한다고 얼마나 좋아했을까? 내 딸이 처음으로 뒤집기에 성공했을 때, 아내와 손뼉 치면서 좋아했던 것이 생각난다. 어머니는 자신보다 더 소중한 존재를 잃었다. 억장이 무너질 어머니 앞에서는 어떤 위로도 도움이 되지 못할 터였다.

나는 왜 이런 가슴 아픈 직업을 택했을까? 소방관으로서 가슴 벅차오르는 기쁨의 순간도 많지만, 때때로 이런 안타까운 순간을 지켜봐야 하는 것은 정말 슬픈 일이다.

이런 일도 있었다. 구급신고가 들어왔다. 계속 아기 울음소리가 들린다는 것이다. 구급차와 소형펌프차가 출동했다. 경찰도 같이 왔다. 다세대 주택 1층이었다. 17시쯤에 아기 울음소리가 들렸는데, 1시간 후에도 다시 우는 소리가 들린다는 것이다. 경찰의 동의

하에 펌프차 진압대원 막내반장은 현관문을 개방했다. 이렇게 문을 개방하는 일이 생길 때마다 나는 무섭고 두려운 생각이 든다. 최악의 상황이 아니기를 바라면서 천천히 현관문을 열었다.

생후 5개월 정도 되는 아기가 큰 소리로 울고 있었고, 아기보다 조금 더 큰 강아지도 옆에서 울고 있었다. 일단 아기 기저귀를 갈아주고 편안한 자세를 만들어 주었다. 그런데 아기 부모는 어디 갔지?

경찰과 함께 집안의 각종 정보를 수집해 아기 아빠의 전화번호를 알아냈다. 대학생이었다. 전화해 보니 근처 편의점으로 면접을 보러 갔다고 한다. 아이의 아버지는 허겁지겁 뛰어왔다. 죄송하다는 말을 연발했다.

아기 분유 값을 벌기 위해서 아르바이트가 필요한 상황은 이해되지만, 5개월짜리 아이를 혼자 두는 것은 이해할 수 없다. 그리고 아기를 강아지와 놓아두면 절대 안 된다. 아버지란 이름은 그리 가볍지 않다.

아기에 관한 이야기 하나가 더 생각난다. 집에서 아기를 출산했다는 신고가 들어왔다. 내가 해야할 일을 머릿속에 그리면서 현장으로 갔다. 출입문을 열고 들어가니 손바닥만 한 갓난아기가 수건 위에서 울고 있었다. 아기 아빠는 어찌할 바를 모른 채 거실에 있었고, 아기 엄마는 화장실에 있었다. 세상의 모든 울음은 슬프지만, 아이의 울음만은 행복하다. 살아있다는 증거니까!

탯줄을 아기의 몸보다 높게 하고 결착기와 가위로 탯줄을 제거하고 포비돈으로 소독했다. 그리고 응급 분만 키트의 모포로 따뜻하게 아기를 감싸고 구급차에 탔다. 겨울이라 아기도 춥고, 우리의 마음도 추웠다.

스무 살인 그녀는 자신이 임신한 줄조차 몰랐다고 한다. 배에서 뭐가 움직여서, 방광염인가 했다고 한다. 배가 아파 화장실에 앉았는데, 아기가 나왔다고 한다. 놀라서 바로 아기를 꺼냈다고 한다.

난 지금이 21세기가 맞느냐고 묻고 싶었다. 임신한 10개월은 꽤나 긴 기간이다. 태동도 느꼈을 테고, 태아가 발로 꾹꾹 찌르기도 했을 텐데 어떻게 모를 수가 있을까. 정보의 바다에 사는 요즈음, 몸의 변화에 대해 조금만 인터넷 검색을 해 봐도, 쉽게 알 수 있었을 텐데 어떻게 이런 일이 일어날 수 있을까? 믿기지 않겠지만 이런 일이 종종 우리 주변에서 일어난다.

「칠드런 오브 맨」이라는 영화가 떠올랐다. 2027년에 세상의 모든 여자는 임신 기능을 상실했다. 세상에서 가장 어린 사람이 열여덟 살 된 '디에고'였는데, 사망했다는 뉴스가 보도되었다.

이에 사람들이 충격을 받는 모습을 비춰주는 것으로 영화는 시작한다. 여러 이야기 끝에 주인공 테오는 전 부인인 줄리안의 부탁으로 임신을 한 난민소녀 키를 떠맡게 된다. 세상을 밝혀줄 유일한 아기였다. 키는 우여곡절 끝에 난민 판자촌에서 아기를 출산한다. 키는 테오의 죽은 아들의 이름이자 '바다의 아들'이라는 뜻을 가진 '딜런'으로 아기 이름을 짓는다. 전쟁 상황이었는데, 아기를 보호하기 위해서 테오는 부단히 노력한다. 전쟁 중이던 군인들은 아기를 발견하고 긴급히 외쳤다!

"Cease Fire(사격 중지)!"

아기의 울음소리가 들렸고, 민간인들은 놀라서 아기를 바라봤다. 경건한 배경음악이 흐른다. 반군들도 아기를 보고 사격을 멈추고 성호를 그었다. 한 아기의 작은 울음소리가 전쟁을 멈추게 했다. 아기가 유일한 희망이었다.

아기는 매우 연약하다. 순백의 종이와도 같아 조심해야 한다. 절대적인 도움이 필요한 아기는 부모의 사랑 속에 걷고, 뛰어 놀 수 있는 아이로 성장한다. 하지만 아이가 되어도 여전히, 아니 더 많은 위험에 노출된다. 따라서 아이는 무조건적이고 절대적인 어른들의 보호가 필요하다.

얘들아, 차는 때로 괴물로 변해

승용차에 아이가 방치되어 있다는 신고가 들어왔다. 한 대형마트 주차장이었다. 현장에 도착해서 구급차에서 내리니 경찰차도 뒤따라 들어왔다. 승용차 안을 들여다보니 조수석에 네 살쯤 되는 아이가 자고 있었다. 지나가던 어떤 행인이 신고했던 것이다.

우리는 승용차 앞 유리에 있던 휴대폰 번호로 전화했다. 통화가 되지 않았다. 마트 관리자에게 부탁해서 안내방송을 요청했다. 경찰은 차번호를 이용해서 차 주인이 누구인지 찾고자 했다. 모두 자신의 임무를 다했다. 아이의 부모만 제외하고.

방송을 듣지 못한 아버지는 대략 30분 후 자신의 차 근처에 소방관과 경찰관들이 웅성거리는 것을 보았는지 허겁지겁 달려왔다. 두 아이의 아버지이기도 했던 이 반장은 덩치보다 더 큰 소리로 부모에게 주의를 주었다.

"이렇게 차 안에 아이 혼자 두면 안 됩니다. 무슨 일이 발생할지

몰라요!"

센터로 돌아오면서 곰곰이 생각했다. 이번 출동은 상식적으로는 문제가 분명 있는데, 법적으로 어떤 처벌도 없는 것인가? 직접적으로 관련된 법령은 우리나라에서 찾아볼 수 없었지만, 미국의 사례가 눈에 띄었다.

미국령인 괌으로 여행을 간 어떤 한국인 부부가 위의 사건과 같이 아이들을 차에 앉혀둔 채 쇼핑을 하러 갔다가 미국 법원으로부터 벌금형을 받았다는 뉴스가 눈에 들어왔다. 미국 대다수의 주가 일정 나이 이하의 아동만을 차량에 두는 '행위' 자체로 처벌하고 있던 것이다.

한국에서는 아이를 차량에 방치하더라도 다치지 않는 이상 처벌받지 않는다. 하지만 2019년 4월 17일, 도로교통법 개정으로 어린이 통학버스 운전자가 탑승 아동의 하차 여부를 확인하는 것을 의무화하는 법령이 시행되었다. 더운 여름 통학버스 안에 갇혀 숨지고, 의식불명이 된 몇몇 안타까운 사건의 결과이다.

어느 초등학교의 작동기능점검 확인이 있는 날이다. 소형펌프차를 몰고 초등학교 앞으로 갔다. 오후 2시쯤 어린이들이 교문 밖으로 쏟아져 나오고 있었다. 옆에 계신 반장님은 우리 딸도 지금쯤 학교 끝나고 집으로 갈 시간이라고, 아내의 휴식시간이 끝났다고 말해서 웃었다.

학교 앞 횡단보도에서 할아버지 두 분이 교통안전 도우미를 하고 계셨다. 횡단보도의 적색 신호가 켜지자 교통안전 도우미는 어린이들에게 잠시 기다리라고 아이들의 앞을 깃발로 막았다.

우리 차가 앞으로 움직이는 순간 갑자기 어린이 두 명이 튀어나왔다. 나는 급제동했고, 이마에서 식은땀이 솟았다. 아이들은 차에 부딪힐 뻔한지도 모르고 깔깔대고 웃으면서 사라졌다. 나는 놀란 가슴을 진정시키며 뛰어가는 아이들의 뒷모습을 바라보았다.

센터로 돌아오면서 선탑하신 반장님과 스쿨존에서는 무조건 조심해야겠다고 이야기했다. 안전도우미의 신호도, 소방차의 수많은 경고등도 갑자기 튀어나오는 어린이는 이길 수 없다고 말하면서 십 년 감수했다고 이야기했다.

센터로 돌아와서 밀린 서류 정리를 하고 있었다. 그런데 갑자기 지나가던 행인이 센터 문을 열고 소리쳤다.

"센터 앞에서 방금 어린이가 차에 치여 쓰러졌어요! 도와주세요!"

현장까지는 50m 거리. 구급차 시동을 켜고 출동했다. 승합차가 있었고, 그 앞에 초등학생 어린이가 쓰러져 있었다. 의식 호흡은 있었지만, 무릎에 열상[15]이 있었다. 응급처치하면서 승합차 운전

15) 피부의 상처는 크게 타박상, 찰과상, 절상, 열상, 자상 등으로 나누어지며 이중 열상은 피부가 찢어져서 생긴 상처를 말한다.

자에게 물어보니 아이가 갑자기 도로로 튀어나와서 급브레이크를 밟았고, 어린이가 살짝 부딪쳐서 넘어졌다는 것이다.

승합차의 보닛을 보니 움푹 들어가 있었고, 아이는 3m 정도 떨어져 쓰러져 있었다. 주위의 행인들은 아이가 차와 부딪친 후 붕 떠서 날아갔다고 한다. 승합차는 과속한 듯 보였다. 어린이에게 보호자 전화번호를 알려달라고 하니 울면서 이야기했다.

"엄마 아빠에게 말하지 마세요. 엄마 알면 저 죽어요."

그 어린이는 자신도 잘못했다는 것을 아는 것 같았다. 어머니, 아버지도 충분히 안전에 대해서 교육했을 것이다. 아마 이렇게 말했는지도 모르겠다.

"무단횡단 절대로 하지 마라! 무단횡단 하다가 사고 나면 죽는 거야. 만약 사고가 안 나도 엄마한테 죽는다!"

최근, 가칭 '민식이법'이라고 불리는 '도로교통법과 특정범죄 가중처벌 등에 관한 법률'이 개정되어 시행되었다. 이유 여하를 막론하고 어린이는 보호받아야 할 존재이다. 아이들은 차가 때로는 괴물로 변한다는 것을 알지 못하기 때문이다.

아이들이 많이 있는 곳에서 운전할 때는 무조건 어른들이 조심해야 한다. '내 딸이 스쿨존에 있다.' 나는 그렇게 생각하고 운전하리라.

혼자 사는 노인들

구조 신고가 접수되었다. 사이렌을 켜고 액셀을 밟았다. 가면서 신고자에게 전화해 보니 요구조자의 딸이었다. 70대 아버지가 전화를 안 받는다는 것이다. 지령서에 표시된 주소지의 건물에 도착했다.

어느 빌라였다. 알려준 비밀번호로 현관문을 열었다. 정적이 흐른다. 불길한 예감이 들었다. 안방 문을 열었는데 아무도 없었다. 건너 방문을 열었는데도 옷과 책들만 있었다. 어디 가셨나? 박 반장이 화장실 문을 열었다. 그는 뒤로 넘어지면서 소리를 질렀다!

들어가서 보니 노인이 미동도 없이 좌변기에 축 처져 앉아 있었다. 이미 시간이 오래 지나 보였다. 매뉴얼에 따라 제세동기 패치를 부착하고 심장리듬을 확인했다. 무수축 리듬, 심장이 수축하지 않는 상태이다. 시반(livor mortis)[16]도 보였다. 의사에게 상황을 전

16) 사후에 시체의 피부에서 볼 수 있는 자줏빛의 반점이다.

했더니, 사망 판정을 내렸다. 신고자에게 다시 전화했다. 꺼내기 어려운 말이지만, 현재 상황을 있는 그대로 전했다.

전화 속 여성은 펑펑 울었다. 스피커폰을 누른 상태였는데, 방 전체가 숙연해졌다. 아버지가 돌아가셨다는 것, 그 장소가 화장실이라는 것, 자신이 아무것도 할 수 없다는 것에 그녀의 마음은 터지고 말았다.

자신의 아버지가 전화를 받지 않는다는 신고를 접수한 것은 그 사건이 일어난 후 1년이 지났을 때였다. 유 반장과 함께 소형펌프차를 타고 지령서에 찍힌 주소로 출동했다. 차 안에서 나는 유 반장에게 1년 전의 사건을 이야기하며 최악의 상황이 벌어지지 않았기를 마음으로 기도했다.

만일의 사태에 대비하여 문 개방을 할 수 있으니, 문 개방 장비를 들고 아파트 엘리베이터에 탔다. 문 앞에 도착하여 초인종을 누르고 문을 두드렸다. 다행히 안에서 누군가 말했다.

"누구시죠?"

할아버지, 즉 신고자의 아버지였다. 정말 다행이다. 우리는 문을 열고 안으로 들어갔다.

"아드님이 할아버지께 여러 차례 전화를 드렸는데, 안 받으셔서 저희가 찾아왔습니다."

혼자 사시는 할아버지 같았다. 센터 휴대폰으로 신고자인 아들에게 전화를 걸어서 할아버지를 바꾸어 드렸다. 아들은 할아버지께 다짜고짜 왜 전화를 받지 않느냐며 화를 냈다. 할아버지는 대답했다.

"왜 네가 화를 내냐? 이놈아, 화낼 거면 전화도 할 것 없어!"

할아버지는 냉정하게 전화를 끊었다. 그리고 나에게 왜 아들이 화내는지 모르겠다며 혹시 본인 전화에 문제가 있는지 봐달라고 했다.

수신목록을 들여다보니 아들의 이름으로 보이는 전화가 19통, '새아기'라고 찍힌 부재중 전화가 10통이 와있었다. 119에 신고할 만한 상황이었다. 휴대폰을 보니 벨소리가 무음으로 설정되어 있었다. 언제부터 무음으로 되어있었는지는 모르겠지만 무음에서 벨소리가 크게 들리도록 바꾸어 드렸다. 할아버지는 말씀하셨다.

"전화가 걸리기는 하는데, 문제가 하나 있어요."

"전화가 오면 화면이 먹통이 돼서 누가 전화를 걸었는지 모르겠어요."

휴대폰 설정도 문제였지만, 휴대폰도 문제가 있었다. 아들에게 전화를 다시 걸어 휴대폰에 문제가 있다고 설명해 드렸다. 아들은 아까 통화의 흥분이 가시지 않았는지 거친 숨소리와 함께 죄송하다는 말을 거듭했다. 아들에게 이웃 주민 한 분 정도는 알고 계시는 것이 좋을 것 같다고 말씀드렸다.

현장에 잠시 머무르는 동안 거실 텔레비전에서 연예인들이 쉼없이 웃고 떠들었다.

세상의 자식들은 꿈을 찾고, 직장을 찾아서 부모님을 떠나 독립한다. 결혼하고 아기를 낳고, 삭막한 도시 어딘가에서 살고 늙어간다. 부모님 역시 정신없이 노동을 하다가 어느덧 한 배우자가 떠나면, 그곳에서 텔레비전을 벗삼아 외로이 지낸다.

때문에 어쩌다 부모님과 통화가 되지 않으면, 괜히 땀이 나고 걱정이 된다. 만약 가까운 거리에 산다면 뛰어와 보겠지만, 대부분은 멀리 사는 것이 현실이다. 부모님 댁 이웃 주민 한두 분을 알아야 할 이유가 분명해졌다.

그 사람의 진짜 모습은

응급구조사 2급 교육을 받기로 했다. 이론 과정이 끝나고, 일주일간 50시간 병원 실습을 마치고 응급구조사 2급을 따기 위한 마지막 과정, 현장 실습 중이었다.

모 소방서, 시골의 어느 센터였다. 사실 이런 시골로 실습 배치를 받아서 뭐 배울 것이 있을까 생각했을 때 구급 신고가 들어왔다.

출동해보니 시골의 한 주택이었는데, SUV 차량이 경사진 마당으로 미끄러져 있었다. 아마 주차 브레이크를 채우지 않은 것 같았다. 거기에 중학생으로 보이는 아이가 넘어져 있었고, 주위에는 어머니와 할머니, 할아버지로 보이는 분들이 모여 웅성거리고 있었다. 아이에게 가까이 가보니 무릎 아래에 장딴지 피부가 15cm 정도 찢어져 있었다. 근육 사이로 뼈까지 보였다. 출혈도 조금 있었다. 아이는 놀라 소리치며 아프다고 울부짖고 있었다. 주차브레이크를 안 채운 차가 미끄러져 놀고 있는 아이를 덮쳤다고 한다.

구급대원은 나에게 아이의 다리를 몸보다 높게 두도록 했다. 다리를 들고 있으면서 그가 처치하는 과정을 유심히 지켜봤다. 구급가방에서 멸균소독거즈로 직접 압박해서 지혈시켰다. 그리고 생리식염수 한 통을 상처 부위에 아낌없이 부었다. 아이는 아프다고 비명을 질렀다. 거즈로 상처를 덮은 후 심장에서 먼 쪽부터 붕대를 감았다. 그리고 공기부목으로 상처 부위를 고정했다. 우리가 응급처치에 집중하고 있는 동안, 옆에서는 할머니가 아이의 어머니를 계속 야단치는 소리가 들렸다.

"도대체 너는 아이를 어떻게 본 것이냐?"부터 시작해서 "우리 장손 어떻게 할 거냐?"며 계속 화를 내고 있는 것이다. 옆에서 치료하는 사람이 민망할 만큼….

며느리가 다른 일을 하다가 아이를 잠시 못 돌봤는지, 사고의 직접적인 원인 제공자인지는 잘 모르겠지만 손자를 며느리보다 귀중하게 생각하는 것이 너무 크게 느껴졌다. 그 할머니도 수십 년 전에는 며느리였을 텐데….

병원으로 가는 차 안에서 아이의 어머니는 계속 훌쩍거리고 있었다. 사랑하는 아이가 아파서? 시어머니에게 혼나서? 억울해서 그럴 수도 있다. 그 울음의 원인이 단지 하나는 아닐 것이다. 나는 그 어머니에게 어떤 위로도 건넬 수가 없었다.

소방관이 출동하는 현장은 불이 나고 사람이 다치는 절체절명의 순간들이다. 위기 상황에서 주위 사람의 언행, 태도, 배려심을 유심히 보면 그 사람의 바닥을 알 수 있다.

아기가 심정지 상황일 때 펑펑 우는 엄마, 자신의 잘못이 아니라며 남편에게 전화를 거는 엄마. 브레이크 대신 엑셀을 밟아서 앞에 있는 차 4대를 부수고, 다 자기 잘못이라고 보상해드리겠다며 사죄하는 중년 여성, 교통사고가 났을 때 무조건 상대방의 잘못이라고 우기며 싸우는 사람, 노래방에서 무시당했다고 도끼를 든 웨이터와 웨이터라고 무시했던 남성.

화재진압현장에서 힘들다고 몰래 빠지고, 목마르다고 슬그머니 물 먹으러 가고, 후배 들어왔다고 힘든 일을 미루는 나.

그 사람의 진짜 모습은 위기의 현장에서 고스란히 드러난다.

2부

훈련은 실전처럼,
실전은 훈련처럼

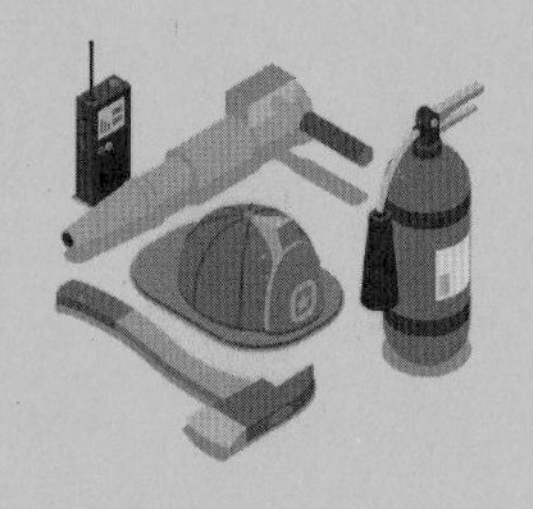

구급 서비스의 끝은

2020년 1월 경기남부 권역외상센터장 이국종 교수가 뉴스에 등장했다. 요지는 센터장직을 내려놓겠다는 것이다. 그 이유는 외상센터 운영을 놓고 병원 측과 갈등이 증폭되면서 도저히 해답을 못 찾았기 때문이다.

나는 이국종 교수의 팬이다. 그가 나오는 인터뷰와 강연을 거의 찾아봤고, 그가 집필한 『골든아워』도 여러 차례 정독했다.

그는 아덴만 여명작전 이후 삼호 주얼리호의 석해균 선장과 북한 귀순병사 오청성을 살려낸 것으로 대중에게 잘 알려져 있다. 내가 그를 좋아하는 이유는 중상을 입은 환자들이 가야 하는 외상 외과의 개척자이기도 하지만, 그의 행동이 21세기의 예수님 같기 때문이다.

그 사람은 가서, 자기를 낫게 하여 주신 분이 예수라고 유대 사람들에게 말하였다. 그 일로 유대 사람들은 예수께서 안식일에 그러한 일을 하신다고 해서, 그를 박해하였다.(요한복음 5월 15절~16절)

초임발령지에서 절단사고로 출동한 구급대원이 들려준 안타까운 이야기가 떠올랐다. 구조, 구급출동 지령이 동시에 들어왔다. 현장에서 어깨 아랫부분이 잘려 나간 환자가 발생했다. 초비상이다. 현장에 도착해보니 20대 후반으로 보이는 청년이 탈진한 듯 컨베이어벨트 근처에 누워있었고, 그의 한쪽 팔은 보이지 않았다고 한다.

철 가공 회사였다. 요구조자는 퇴근 시간이 되어 컨베이어벨트 전원을 끄고 청소를 하던 중에 갑자기 컨베이어벨트가 작동되었고, 팔은 차가운 기계 안으로 빨려 들어가고 말았다.

구조대원들은 산소 절단기를 이용해서 문제가 되는 컨베이어벨트 부분을 잘라 분리된 팔을 찾았고, 구급대원은 의료지도를 받아 환자를 응급처치 했다. 환자의 손상된 팔을 젖은 거즈로 드레싱하고 이송할 병원을 수소문했다. 헬기도 요청했지만 오지 못했다. 119종합상황실에서는 충남의 권역외상센터는 치료할 수 없다고 알려왔고, 아주대 경기남부 권역외상센터로 가야 한다고 했다.

빨리 밟으면 1시간 거리에 있는 아주대학교 권역외상센터로 달렸고, 우연히 환자가 여자 친구와 통화하는 내용을 들었다고 한다.

"우리 결혼 힘들 것 같다. 나 팔 잘려서 장애인으로 살아야 한다."

환자가 고통과 절망으로 울부짖는 동안 구급차는 달리고 달려 경기남부 권역외상센터에 환자를 인계했다. 며칠 후 그 환자에게서 전화가 왔다. 수술은 성공하지 못했으나 정말 고맙다고 했다.

심한 외상환자가 가야 하는 곳.
가서 소생을 기대할 수 있는 곳.
뼈를 갈아서 소명 하나로 버티는 곳.
헬기가 시끄럽다고 지역 주민들로부터 탄원서를 받는 곳.
그곳이 경기 남부권역 외상센터를 비롯한 전국의 권역외상센터이다.

구급 서비스의 끝은 응급실 의료인에게는 시작이다. 우리가 일이 끝났다고 긴장을 풀고 안도의 한숨을 쉴 때, 의료인의 긴장은 시작된다. 외상센터의 필요성은 아무리 강조해도 지나치지 않다. 하지만 필요성이 경제성과 일치하지는 않는다. 아주대병원 측과 이국종 교수의 갈등도 필요성과 경제성의 문제였을 것이다.

"경제성이 낮지만 전체의 공익성이 우선할 때, 정부나 지방자치단체에서 그 문제를 해결해야 한다."

이명운 인하대 경제학과 교수가 한 말이다.

이국종 교수는 자신이 품은 의사로서의 사명감과 이익 창출을 목표로 하는 회사이기도 한 병원 운영의 간격을 좁히려고 노력했다.

하지만 그 간격은 너무나 멀었다. 세월이 흐르면 좁혀지려나? 아이러니한 것은 결코 안전할 수 없는 몇 사람의 희생으로 많은 사람의 안전이 지속된다는 것이다. 내가 누리고 있는 편안함과 안녕은 100% 내가 노력해서 된 것이 아니다.

너무 아픈 사랑은 사랑이 아니었음을

야간 근무 시간이다. 어떤 중년 남성이 머쓱한 표정으로 센터 문을 열고 들어왔다. 우리는 대부분 전화신고에 의해 출동하지만, 가끔 이렇게 찾아오는 주민도 있다. 손을 보여주시더니 반지를 빼달라고 했다. 몇 시간 전부터 반지를 낀 손가락이 너무 아프다는 것이다. 일단 비파괴 방법으로 접근해 보기로 했다. 비눗물과 기름, 차가운 물로 붓기 빼기 등 여러 가지 방법으로 시도해 보았지만, 반지는 첫마디뼈에서 중간마디뼈로 탈출하지 못했다.[17] 비파괴로 접근한 이유는 분명 반지에 많은 추억이 있을 것이라 생각했기 때문이다. 하지만 잘 빠지지 않아서 동의 후에 반지를 절단하기로 했다.

케이블타이를 반지와 손가락 사이에 대고, 반지를 니퍼로 자르려 했으나 어려웠다. 반지가 너무 두꺼웠기 때문이다. 결국에는 전

---

17) 손가락뼈는 첫마디뼈, 중간마디뼈, 끝마디뼈로 구성되어 있다.

동식 반지절단기를 이용해서 반지를 절단했다. 그 분은 긴 한숨을 내쉬었다. 혹시나 해서 반지의 사연이 있는지 조심스럽게 여쭈어봤다.

"이거 얼마나 끼고 계셨어요?"

"20년이요. 결혼하고 한 번도 안 뺐는데, 최근에 살이 쪘나 봐요."

정호승 시인의 「반지의 의미」라는 시에서는 반지를 끼고 있으면 처음과 같이 영원할 수 있다고 이야기한다. 즉 결혼 후 부부가 되더라도, 반지를 보면 서로 사랑을 약속할 때의 그 풋풋함과 설렘이 생각난다는 것이다. 또 반지는 구속과 접근금지의 의미가 있다. 반지를 낀 사람은 애인이 있다는 뜻이다. 하지만 그 반지 때문에 몸이 아프다면, 상처가 된다면 그것은 사랑이 아닐 수 있다. 그냥 반지를 없애면 된다.

새벽 3시쯤, 출동벨이 울렸다. 자살소동이었다. 119종합상황실로부터 무전이 왔다.

"도착 후 공기안전매트[18]를 전개하시기를 바랍니다."

기동성이 좋은 구급차가 먼저 현장에 도착했다. 주차하고 있는 동안 먼저 뛰어올라간 김 반장은 옥상에서 떨고 있는 요구조자를 발견했고, 그를 안정시켰다. 때마침 경찰도 왔다. 요구조자는 20대 초반의 앳된 청년이었다. 경찰은 청년에게 물었다.

---

18) '공기가 들어가는 큰 매트'이다. 추락하는 사람을 공기의 힘으로 최대한 지켜주는 것이다. 자살하려는 사람이 높은 곳에서 뛰어내리려고 하거나, 아파트에서 화재발생 시 베란다에서 더 버티기 어려워 뛰어내릴 경우에 이용하는 매트이다. 우리 센터는 10층에서 뛰어내려도 안전한 매트를 보유하고 있다.

"왜 자살하려고 했어요?"

청년은 말이 없었다. 재차 물으니 가까스로 입을 열었다.

"…천만 원 빚 때문에 그랬습니다."

"어쩌다 빚을 지게 되었는데요?"

"사설 토토를 했어요…."

"나중에 돈 벌어서 갚으면 되잖아요. 바쁘게 일을 하다 보면 이겨낼 수 있을 겁니다."

그러자 청년은 갑자기 울컥이면서 생각지도 못한 대답을 했다.

"도저히 못 끊겠어요. 축구를 너무 사랑해서 내가 좋아하는 팀에게 한 푼 두 푼 돈을 걸기 시작했어요. 그런데 그것이 걷잡을 수 없이 커졌어요."

순간 정적이 흘렀다. 천만 원의 빚보다 무서운 것은 '너무 아픈 사랑'이었고, 거칠게 말하면 '도박중독'이었다.

유명연예인들이 도박으로 매장당하는 이유.

손을 자르면 발로 화투를 치는 이유.

강원랜드 갔다가 타고 온 차까지 저당 잡히는 이유.

모두 '도박중독' 때문이다.

왜 도박중독에 빠지게 되는 것일까? 승부에서 이길 경우 발생하는 쾌감, 돈을 잃어도 언젠가 만회할 수 있다는 환상, 결과를 기다리는 동안에 뿜어져 나오는 도파민이 도박중독으로 이끈다. 그러면서 자신도 모르게 점점 더 깊은 늪에 빠진다. 늪에서 빠져나오기 위해서 요즘은 중독자끼리 인터넷 모임을 결성하기도 하고, 약물치료를 받기도 한다.

결국 그 청년은 '도박심리치료'를 받기로 했다. 그 자살소동의 표면적인 이유는 천만 원의 빚이었지만, 내면적으로는 자신을 도와달라는 절박한 신호였던 것 같다. 그에게 가수 김광석의 노래를 들려주고 싶다.

'너무 아픈 사랑은 사랑이 아니었음을'

왜 죽지도 못하게 해

가스 냄새가 너무 심하다는 신고가 들어왔다. 센터와 꽤 가까운 아파트였다. 구급차를 몰고 5분도 채 되지 않아 현장에 도착했다. 4층이었는데, 엘리베이터 문을 열자마자 가스 냄새가 코를 찔렀다. 불안한 마음이 엄습했다. 나의 심장 박동도 빨라지고 있었다. 다행히 아파트 출입문은 쉽게 개방했다. 복도에서 집으로 들어가는 가스 밸브도 잠갔다.

안으로 들어가 보니 화분이 엎질러져 있었고, 가전제품도 다 쓰러져 있었다. 시선을 멀리 보니, 거실에는 한 남성이 엎드려 있었다.

주방 쪽으로 눈을 돌리니 도시가스 호스가 잘려져 있었다. 의도적인 사고로 보였다. 만약 축적된 도시가스가 자그마한 불씨를 만났다면 그 집은 흔적도 없이 폭발되었을 것이다. 전체 환기를 시키는 동시에 남성에게 접근했다. 경험상 남성은 이미 사후 강직이 일어났을 것 같았다. 사흘 전이 설날이었다. 설날 전후로 자살

사고가 잦다.

우 반장은 환자 상태를 확인하기 위해서 검지와 중지를 목동맥에 갖다 댔다. 그러자 갑자기 기침과 함께 그 남성은 목을 잡고 깨어났다. 절망적인 상황을 예측했는데, 다행히 예상이 빗나갔다. 얼굴은 찡그리고 있었지만, 호남형의 얼굴에 눈빛이 살아있음을 느낄 수가 있었다.

도시가스는 액화천연가스(Liquefied Natural Gas, 이하 LNG)이다. 천연가스(NG)의 밀도는 약 0.6kg/m^3[19]로 공기보다 가볍다. 그래서 도시가스를 틀어놓으면 그 가스는 위쪽인 천장으로 이동하게 된다. 그리고 집 내부와 외부가 완전히 밀폐되지 않은 이상 가스는 집 밖으로 새어 나가고, 실내 아래쪽에는 희박하지만 공기가 있어서 질식사까지는 일어나지 않은 것으로 추정된다.

40대 혈기 왕성한 남성은 말했다.

"죽으려고 했는데, 죽지도 못하게 하네! 오늘 나 죽을 거니까, 이렇게 살려봤자 소용없어요. 왜 이렇게 많이 왔어요? 그냥 가세요. 제발!"

사정은 잘 모르겠으나, 우 반장은 환자를 평가하기 위해 대화를 시도했다.

"혈액 안에 도시가스에 속한 독성물질이 얼마나 많이 녹아들어 갔는지 모르는 겁니다. 자꾸 기침하시잖아요. 혈액 검사를 받아보

---

19) LNG는 천연가스를 액화한 것으로 가정에 공급될 때는 액화가 아닌 기화의 상태로 공기보다 가볍다.

셔야 되니 병원에 가셔야 됩니다."

몇 번의 옥신각신 끝에 그 남성은 결국 응급실에 가기로 했다. 구급차 안에서 환자의 상황을 알기 위해 진행하는 '병력평가'와 '환자평가'에 관한 질문 이외에 오늘 죽어 버릴 거라는 환자 앞에 어떤 말도 붙이기 쉽지 않았다.

병원에 도착해 환자를 인계하고 센터로 돌아와 점심을 먹었다. 또 다른 구급출동을 마치고 돌아오는 길에 AVL단말기에 자살소동 출동지령이 접수되었다. 그런데 또 그 아파트가 아닌가? 현장에 도착해보니 아까 이송한 그 남성이 또 자살하려 몸부림치고 있었다.

이번엔 아파트에서 뛰어내리겠다고 하고 있었다. 한 팀은 지상에서 공기안전매트를 펴고, 한 팀은 아파트로 들어가 요구조자를 진정시켰다. 그의 행동을 유심히 관찰하니 '자살소동'으로 보였다. 실제로 자살할 것 같지는 않았다. 하지만 자살 시도자의 자살률은 일반인의 약 25배[20]로 알려져 있어 예의주시해야 한다.

경찰관은 경찰 직무 집행법 4조에 근거하여 자살시도자를 경찰서에서 보호할 수 있다. 경찰은 가지 않으려고 버티는 그 남성을 경찰차에 태웠다.

자살은 전체 사망원인의 5순위이다. 10대부터 30대까지는 남녀

---

20) 보건복지부 발표 자료 '2013년 자살 실태조사 결과'

상관없이 사망원인 1순위가 자살이다.[21] 자살예방센터 직원은 그 남성을 찾을 것이다. 그리고 그의 이야기를 충분히 들어줄 것이다.

왜 죽지도 못하게 하냐는 남성에게 어떤 이는 어머니를 봐서라도 죽으면 안 된다 말하고, 어떤 이는 자식을 생각해서 살아야 한다고 말한다.

생명에 대한 나의 생각은 자연의 순리를 따르는 일이다. 식물이 떡잎을 내밀고, 비바람을 맞아도 꽃을 피우고 자연스럽게 지듯이, 자연의 일부인 사람도 죽음에 대해 스스로 목숨을 끊으려 하거나 억지 연명을 하지 않고 순응해야 한다고 생각한다. 그래서 만일의 경우에 대비해 사전연명의료의향서[22]나 DNR동의서[23] 같은 것으로 자신의 뜻을 미리 밝힐 수 있다.

비바람을 맞았다고 식물은 스스로 자신을 포기하지 않는다. 당신은 식물보다 강한 존재다. 당신이 가진 그 강렬한 눈빛처럼 끈질기게, 보란 듯이 살았으면 좋겠다.

---

21) 통계청 보도자료 '2018년 사망원인 통계'

22) 환자가 회복 불가능한 상태가 됐을 때 연명의료를 받지 않겠다는 뜻을 미리 밝혀두는 서류.

23) Do Not Resuscitate, 심폐소생술 거부. 호전 가능성이 희박한 환자가 병원에서 억지로 인공호흡기나 독한 약물 등을 사용하여 인위적으로 생명 유지나 생명 연장을 하지 않는 것에 동의하는 문서.

전 남편으로부터 온 문자

경찰의 협조 요청이 들어왔다. 한 여성이 전 남편으로부터 문자를 받았다고 경찰에 신고한 것이다.

'…나 지금 자살한다.'

내가 핸들을 잡은 구급차 뒤로 소형펌프차와 미니구조대 차량이 뒤따랐다. 경찰과 우리 소방대원들은 남성이 거주한다는 빌라로 갔다. 현관문의 우유 넣는 구멍덮개를 살며시 열어봤는데, 안에서 서성이는 요구조자의 다리가 보였다. 경찰이 문을 두드렸다. 그는 소리쳤다.

"그냥 가라고, 가라고, 제발 가란 말이야!"

요구조자의 목소리는 등을 세운 고양이처럼 날이 서 있었다. 혹시 칼을 소지했을 수도 있고, 다른 방법으로 자살을 시도할 수도 있기에 긴장을 늦출 수 없었다.

십여 분 동안 문을 열어 달라고 말했으나, 들려오는 대답은 아까의 대답과 거의 비슷했다. 강제 문 개방을 결정했다. 구조대원은 문을 개방하고, 경찰은 테이저건으로 만일의 사태를 대비했으며, 구급대원은 심폐소생술 가방을 손에 들고 있었다. 긴장되는 순간이었다. 문 따는 소리 이외에는 아무 소리도 들리지 않았다.

출입문을 열었다. 번개탄 냄새가 코를 찔렀다. 집안으로 한 발 한 발 들어갔다. 어떻게 된 일인가? 남성은 화장실에도 안방에도 없었다. 그런데 창문이 열려 쌩쌩 바람이 들어오고 있었다. 뛰어내린 것이다.

3층에서 옆 건물 1층 옥상으로 뛰어내린 것이다. 1층으로 재빨리 뛰어 내려갔으나, 그는 보이지 않았다. 옆 건물로 뛰어가서 사람들에게 혹시 무슨 소리 들리지 않았냐고 물어봤다. 쿵 하는 소리는 들었는데, 대수롭지 않게 생각했다고 한다.

경찰은 위치추적을 통해서 요구조자의 현재 위치를 공유했다. 다행히도 그는 스마트폰을 소지했고, 위치 모드도 켜져 있었다. 영화 「추격자」를 떠올리게 하는 상황이었다. 영화 속 전직 형사(김윤식)는 사이코패스(하정우)를 잡으려 추격했지만, 우리는 그의 안정치 못한 상태, 나아가서는 생사여부를 확인하고자 추격하고 있었다.

"파리바게뜨 앞에 있는 것으로 나옵니다."

경찰로부터 연락이 왔다. 파리바게뜨 앞으로 달려가 보니 아무도 보이지 않았다. 그가 '그'임을 확인할 수 있는 유일한 단서는 현관문의 우유 투입구 구멍을 통해 확인한 그의 검은 바지뿐이었다.

검은 바지를 입은 남자들의 눈을 관찰했다. 눈빛이 떨리거나 피하면 범인, 아니 그 사람일 가능성이 높기 때문이다. 하지만 그런 사람은 보이지 않았다. 어느 아파트 앞에 있다는 위치추적 결과가 다시 나왔다. 그곳으로 이동해 근처를 전부 뒤졌으나 검은 바지의 남자는 보이지 않았다. 문득 요구조자의 얼굴을 알아낼 방법이 떠올랐다. 카카오톡에 요구조자의 전화번호를 추가하여 '친구 목록 새로 고침'을 눌러봤다. 사진은 없었고, '죄송합니다'라는 문구만 확인할 수 있었다.

한 시간쯤 지났을까? 요구조자의 전화가 꺼져서 위치추적 방법으로는 더 이상 찾을 수 없다는 연락을 받았다.

2시간 만에 경찰은 장기적 접근이 필요할 것 같다며 1차 상황종료를 선언했다. 새벽 4시였다. 경찰은 잠복근무를 통해서 그 사람을 찾아낼 것이고, 자살소동의 원인에 관해서 물을 것이다.

센터로 돌아오면서 어떤 상황이 그를 자살로 이끌었는지 모르겠지만, 그가 문자를 보낸 전처가 그의 마음을 녹일 수도 있지 않을까 하는 생각이 들었다.

10명의 자살자 중에 3명은 정신적 문제로, 3명은 경제 문제로, 2명은 육체적 질병 문제로, 1명은 가정 문제로 자살을 한다고 한다.[24] 이 남성은 어떤 문제가 있었을까?

---

24) 보건복지부 제공 '2019 자살예방백서' 참고

통계청이 발표한 '2018 사망원인 통계연보'에 의하면 2018년 자살사망자는 13,670명이다. 그러니까 매일 37명 정도의 자살 사망사고가 있는 것이다. 이 숫자는 교통사고 사망자 수의 2.5배 정도나 높다. 큰 문제가 아닐 수 없다. 아침이 되어 센터장님께 이 사고건에 대해서 보고 드리니, 경기가 어려울수록 이런 자살소동은 더 많아질 거라 말씀하셨다.

그 남자는 무엇 때문에 '죄송합니다'라는 말을 써 놓은 걸까? 돈을 못 벌어서 죄송한 건지, 아내를 아껴주지 못해서 죄송한 건지, 아니면 또 다른 무엇 때문에 죄송한 건지 궁금하기도 하고 안타깝기도 하다.

그가 서 있던 곳은 수십 미터 높이의 낭떠러지였다. 소방관이나 경찰관이 아무리 노력하더라도 한계가 있다. 공기안전매트를 빨리 전개해서 운이 좋으면 추락해도 살 수 있고, 로프를 타고 위층에서 내려와서 삶과 죽음의 경계에 있는 그를 잡을 수도 있다. 그러나 그것은 엄청나게 어렵고 힘든 일이다. 그가 돌아설 방법이 있을까?

자살예방센터 직원이라면 우울증 약을 먹거나 경제적인 문제가 해결되면 그가 돌아설 수 있다고 말할지도 모르겠다.

나라면 극단의 선택 앞에서 사랑하는 사람을 다시 한 번 떠올릴 것이다. 그러니 목숨을 버리기 전에 한번만 뒤돌아보자. 그곳에 사랑하는 어머니와 딸, 친구들이 있다. 그들은 당신이 돌아서기를 간절한 눈빛으로 기다리고 있을 것이다. 당신은 혼자가 아니다. 함께 아파하고 슬퍼할 줄 아는 사람들이 곁에 있다. 돌아서서 사랑하는 이들의 품에 안기자. 그들의 온기를 기억하자. 그것은 힘든 날들을 버텨내는 확실한 원동력이 될 것이다.

깊은 고통, 음독

초등학교 반창회에 갔다. 친구들 얼굴을 보니 많이 늙어 있었다. 나는 사실 초등학교 때부터 늙은 얼굴이라 동일한 시간이 흐른 뒤에 상대적으로 내가 덜 늙은 것 같았다.

대학교 때 한번 모이고 십수 년 만에 반창회를 하니 친구들 이름 뒤에 어떤 직함 같은 것들이 붙었다. 나는 초등학교 때 5년 동안 반장을 했는데, 소방서에 들어와서 또 다시 반장이다. 성공의 기준을 어디에 두어야 하는가는 각자 기준에 따라 다르겠지만, 한국 기준으로 생각해보면, 은행에 취직한 친구가 가장 성공했다고 모두들 고개를 끄덕였다. 하지만 인터넷 뱅킹의 활성화 등으로 열심히 하지 않으면 살아남기 어렵다고 말하는 그 친구를 보고 이제는 4차 산업을 준비해야 할 때가 왔음을 느꼈다.

아직 결혼 안 한 친구도 있었지만, 이혼하고 귀향한 친구도 있었다. 20대에 결혼해서 아들이 중학생인 한 친구 녀석도 왔다. 그 친구는 나와 키가 비슷해서 많이 싸웠다. 어릴 때 무슨 기 싸움이 그렇게 중요했던지, 하여튼 내가 조금 더 이긴 것으로 기억한다. 내 딸은 지금 4살인데 나보다 10년이나 빨리 자식을 낳아서 이제는 슬슬 취미생활을 찾는 그런 친구다. 부럽다.

그 친구 목에는 여전히 수술 자국이 보였다. 그때 그 사건이 떠오른다.

초등학교 2학년 때였다. 친구는 부모님이 논일하러 나간 사이에 목이 많이 말랐나 보다. 마루 한켠에 갈색 박카스 병이 보였다. 아무 의심 없이 박카스를 마셨다. 아니, 박카스병에 있던 농약을 마시게 된 것이다.

친구는 목을 움켜잡고 쓰러졌고, 논일을 하고 온 어머니는 신음하는 아들을 발견하고 서울에 있는 큰 병원으로 갔다. 다행히 수술을 잘 마쳤다. 목과 가슴에 흉측한 수술 자국을 남겼지만, 결국 살았다. 실수로 음독을 한 것이다.

나 역시 실수에서 자유롭지 않다. 2년 전 2살 딸아이가 감기에 걸렸었다. 아내가 약을 먹이라고 해서 잠결에 정수기 옆에 있는 BTB(Bromothymol Blue) 용액[25]을 먹였다. 정수기 오른편에는 BTB 용액이 있었고, 정수기 왼편에는 비슷한 용기에 담긴 감기약

---

25) 산·염기 지시약으로 우리 집에서는 정수기의 물이 약알카리성임을 판단하는 용액으로 쓰고 있었다.

이 있었다. 착각이었다. 아이는 콜록콜록 기침을 했고, 그제야 정신이 바짝 들었다. 바로 응급실에 갔다. 의사는 BTB 용액은 영아가 먹어도 미량이라 괜찮다고 했다. 이렇듯 바보 같은 실수의 음독도 있지만, 많은 경우에 의도를 가지고 음독하기도 한다.

오늘의 출동은 후자에 속했다. 70대 아버지가 아들과 말다툼 후 농약을 먹고 현재 심정지 상태라는 신고를 접수했다. 구급차 액셀을 밟고 목적지로 향했다. 코로나 여파가 끝나지 않아 먼저 감염 보호복을 입은 구급대원은 심폐소생술 장비를 챙겨 엘리베이터를 타고 올라갔고, 나와 지 반장은 1층에서 감염 보호복을 착용하고 분리형 들것을 들고 엘리베이터에 탔다.

현관문을 열고 안방으로 들어갔다. 며느리는 오열하고 있었고, 아들은 머리를 움켜쥐고 있었고, 너무 마른 환자는 눈을 뜨고 허공을 응시하고 있었다. 그의 옆에는 소주병과 음료수병이 있었다.

먼저 들어간 구급대원은 제세동기의 심장 리듬을 확인하고 있었다. 제세동기의 리듬은 정상적이었으나, 의식 수준을 평가해 본 결과 통증에 반응하지 않았다. 즉 호흡, 맥박은 있되 의식이 없었다. 산소포화도가 낮아서 산소 15L/min를 백 밸브 마스크로 투여했다.

음독했던 병과 소주병을 비닐팩에 넣고 분리형 들것에 의식 없는 환자를 싣고 구급차로 갔다. 아들은 보호자로 구급차에 같이 탑

승했다. 대한민국 농약 음독치료 분야의 최고 권위자가 있는 근처 대학병원으로 급히 출발했다. 병원에 도착하자마자 보호자인 아들은 접수하러 뛰어 들어갔고, 우리는 의료진에게 상황을 설명해 주고 농약이 들어있는 병과 환자를 인계했다.

우리가 할 일은 거기까지다. 의료진들은 분주하게 각종 장치를 환자에게 연결했다. 터벅터벅 구급차로 다시 돌아갔다.

센터로 돌아오는 구급차 안에서 대표적이고 끔직한 농약으로 악명이 높았던 '그라목손(Gramoxone) 농약[26]'에 대해 궁금한 것이 있어서 지 반장에게 물어봤다.

"그라목손 음독 환자에게 왜 산소를 투여하면 안 될까?"

"그라목손은 폐를 섬유화(Idiopathic pulmonary fibrosis)[27] 하는데, 산소는 그 섬유화를 더 빠르게 진행시켜줘요. 즉 호흡이 점점 더 불가능해져요. 그라목손 무서운 것이더라구요. 예전에 실습할 때 실수로 그라목손을 음독한 할머니가 응급실로 들어왔어요. 그런데 응급실 전체에 생선 썩는 듯한 퀴퀴한 냄새가 응급실에 퍼지더라고요."

음독했을 때는 그라목손의 냄새가 퍼지듯이 식도부터 시작해서 죽음이 퍼지는 것이다. 구급대원은 물론, 의료진도 살려내기 어

---

26) 그라목손은 제초제로 사용되는 농약으로 매우 강력한 제초 능력을 가지고 있으며, 그 독성은 인체에도 큰 영향을 끼친다. 2012년 11월에 판매, 보관, 사용이 전면 금지되었다.

27) 섬유화란 어떠한 이유로 장기의 일부가 굳는 현상을 말한다.

렵다.

아들과 아버지가 어떤 이유로 싸웠는지도, 어떤 농약을 먹었는지도 분명치 않다. 하지만 분명한 것은 환자가 다시 살아나서 아들하고 화해해야 한다는 것이다. 지금 응급실에서 눈물 흘리고 있는 그 아들은 30년 전에 당신이 낳은 가장 소중한 보물이다. 환자가 빨리 의식을 되찾기를 기도한다. 오늘은 아버지께 전화 한 통 드려야겠다.

훈련은 실전처럼, 실전은 훈련처럼

지난여름, 세모유치원에 소방훈련이 있어서 방문했다. 화점을 정해주고, 실제 화재가 났다고 가정하고 선생님들이 주도하여 훈련하게 했다. 통보, 피난 유도, 소화로 이루어진 훈련을 지켜봤다. 어린 선생님부터 나이가 지긋한 선생님까지 마지못해 훈련하는 것이 눈에 보였다. 소방훈련 종료 후 재차 훈련을 진행시켰다. 나이 지긋한 한 선생님은 혼잣말처럼, 하지만 우리에게 들릴 정도로 중얼거렸다.

"불도 잘 안 나는데…."

'불도 잘 안 나는데, 뭘 이렇게 깐깐하게 해야 하는가?'가 생략되어 있는 것 같았다.

올해 우리 센터 100여 군데 훈련 대상 중에 10% 정도의 관계인들은 이렇듯 비협조적이다. 훈련을 등한시하면 섭섭함과 동시에 안타까운 감정이 든다.

소방법은 어렵게 국회를 통과하여 법으로 만들어졌고, 우리는 그 법을 실행하는 소방관이기 때문이다. 법을 실행하는 것이 가족을 위하고 국민을 위하는 길이라는 확신이 있기 때문에, 다소 핀잔을 듣더라도 확실하게 훈련을 진행하는 것이 우리 소방관의 의무라고 생각한다.

통보, 소화, 피난 유도 등으로 이루어진 소방 훈련은 한 번이라도 머리가 아닌 몸으로 해보는 것이 좋다. 겪어보면 구멍이 보인다.

옥내소화전의 소방호스와 관창이 분리되어 있기도 하고, "방수 개시!"를 외치면 물이 나와야 하는데, 소방펌프가 고장 나서 물이 안 나오는 경우도 있다. 일반적으로 사용하는 ABC 소화기의 압력이 없어서 소화약제가 안 나오기도 한다. 소화기의 안전핀을 못 뽑아서 사용하지 못하는 경우도 허다하다. 때로는 옥내소화전과 소화기의 위치를 모르기도 한다. 한번이라도 실전이라고 생각하고 훈련하면 그것은 실전과 같은 효과가 있다.

1년의 시간이 지났다. 출동예비지령[28]이 들렸다.

"불이 났어요. 불이 났어요! 빨리 와주세요! 여기 세모유치원이에요."

작년에 훈련을 진행한 그 유치원이다. 큰일이다! 센터 모든 차량이 출동했다. 우리 소방서는 화재가 났을 때 현장 도착 후 응급

---

28) 출동예비지령이란 본지령 전에 신고자와 수보요원이 대화하는 내용을 출동 센터 스피커로 전파하는 것이다. 예비지령을 들으면 긴장을 하고 준비를 해 30초 이상 출동시간을 절약할 수 있다.

환자가 없다고 판단되면 구급대원도 진압대원과 함께 화재를 진압한다.

소형펌프차 진압대원은 이미 유치원 안으로 들어가고 있고, 유치원 어린이들과 선생님들은 손을 잡고 밖으로 나오고 있었다. 날씨가 추워서 아이들은 벌벌 떨고 있었다. 나는 화재 발생 장소인 주방으로 들어갔다. 스프링클러가 터져서 물이 비처럼 쏟아져 내리고 있었다. 탄 냄새가 진동했고, 연기도 자욱했고, 환풍구에는 화재 때문인지 큰 구멍이 나 있었다. 주방 조리사는 어쩔 줄 몰라 발을 동동 구르고 있었다.

주 펌프실로 들어가 스프링클러 메인 밸브를 잠그니 비처럼 쏟아지는 물도 멈췄다. 미처 대피하지 못한 어린이가 있는지 보려고 위층으로 올라갔다. 계단에는 소방관이 불 끄는 그림이 전시되어 있었다. 인명 검색한 결과 건물 안에는 아무도 없었다. 날씨가 추워서 감기에 걸릴까봐 선생님들은 아이들의 겉옷을 2층에서 마당으로 옮기고 있었다. 주변이 거의 정리되어서 센터로 복귀했다.

센터장님은 조금 늦게 센터로 들어오셨다.

대응팀과 같이 주방에 설치된 CCTV를 확인했다고 한다. 화재는 아주 단순히 시작되었다. 프라이팬에 기름을 두르고 볶음 요리를 하던 중이었다. 그때 기름 때문인지 프라이팬에 불이 옮겨 붙었다. 깜짝 놀란 조리사는 앞치마를 벗어서 불을 끄려고 했다. 하지만 불은 꺼지지 않고 순식간에 사방으로 번졌다. 조리사의 주위에는 빨간 소화기 2개가 보였다.

2019년에 대한민국의 학교에서 173건의 화재가 발생했고, 약 19억 원의 재산 피해가 있었다.[29)]

만일 관계인들이 훈련에 좀 더 힘을 쏟았다면, 피해는 조금 더 줄었을 것이라고 확신한다.

제대로 훈련을 받았다면 앞치마가 아닌 비치된 소화기로 진화를 시도했을 것이다. 결론적으로 인명피해는 없었지만, 아이들이 이런 화재를 처음 겪어봤는지 훈련 때 웃고 떠들던 아이들의 천진난만한 표정은 없었다. 실전이 그렇단다, 아이들아. 다친 사람은 없었지만, 일주일 정도 유치원 문을 닫고 보수공사를 해야 할 것이다. 아마 누군가는 '훈련을 제대로 받을 걸.' 하며 후회하고 있을지도 모르겠다.

건물 관계인들이 훈련을 제대로 받아서 생명을 안전으로 이끈 경우도 많다. 새벽에 자살소동 건으로 근처 아파트로 출동했다. 4층에서 20살쯤 되어 보이는 여성이 창문을 열고 베란다에 서 있었다. 그녀는 아버지에 대한 불만을 토해내고 있었다. 다행히도 지상층에서 이미 관리사무소 직원들이 공기안전매트를 다 펴놓은 상태였다. 이렇게 즉각적인 대처는 매년 실시하는 고층건축물 훈련

29) 소방청 홈페이지 통계 자료 인용

을 제대로 소화한 결과이다.

현명한 사람은 훈련을 실전으로 여긴다. 그렇지 않은 사람은 훈련으로 아무것도 얻지 못하는 사람이다. 현장이 나에게 준 세 번째 가르침은 간단하다.

'훈련은 실전처럼, 실전은 훈련처럼!'

동영상 찍지 마

아파트 폭발 화재 신고가 들어왔다. 무슨 소리야? 아파트 폭발이라니! 생소했다. 2015년도에 천안에 유명했던 부탄가스 회사 폭발사고가 순간 떠올랐다. 하지만 장소가 아파트라니? 의문을 품고 구급차를 몰며 현장으로 향했다.

아파트 10층이다. 출입문으로 들어가 보니 드레스룸이 천장부터 무너져 내렸다. 현장을 둘러보니 수많은 옷, 서랍장, 책의 상태가 화재의 심각한 정도를 알려주었다. 드레스룸 내부 바닥에 소량의 화염이 보여 진압대원들은 옥내 소화전으로 진화 중이었다.

요구조자가 있는지 수색했다. 아파트 내부에는 사람이 보이지 않았다. 아파트 계단에 한 여성이 온몸에 화상을 입고, 머리카락도 그을린 채 앉아 있는 것을 발견했다. 우리는 주들것[30]에 환자를 태우고 급하게 남편과 함께 엘리베이터를 타고 내려왔다.

---

30) 환자 이송시 구급차에 환자를 태우고 내리는 데 사용

아파트 주민들은 화재 구경을 하고 있었다. 구급차까지 거리는 30m 정도. 시선이 뜨겁다. 보호장구 빠트린 것은 없겠지? 사진 찍히면 안 되는데…. 이런 생각을 하면서 구급차로 가고 있는데, 갑자기 보호자가 손으로 한 곳을 가리키며 소리를 질렀다.

"동영상 찍지 마! 그 휴대폰 이리로 줘 봐요!"

수십 명의 주민들이 그쪽으로 고개를 돌렸다. 40대로 보이는 남자 주민이 스마트폰으로 이동 중인 환자를 촬영하고 있었고, 그것을 본 보호자가 분노를 참지 못하고 소리 지른 것이다. 그는 죄송하다고 말하고 영상을 바로 지우겠다고 했다. 환자를 구급차에 태우는 사이에 남편은 화를 참지 못하고 그에게로 가서 휴대폰을 낚아채서 지운 것을 확인했다.

법적으로 따지자면 그 주민은 성폭력 처벌법 제14조로 처벌을 받을 수가 있다. 카메라 등을 이용해서 수치심을 유발할 수 있는 사람의 신체를 몰래 촬영하면 5년 이하의 징역이나 3천만 원 이하의 벌금에 처할 수 있기 때문이다.

동영상 시대다. 언젠가부터 눈으로만 볼 수 있던 것들이 저장되기 시작했다. 그리고 가끔 유통되기도 한다. 휴대폰으로 동영상을 쉽게 촬영할 수 있어서 소방 활동을 할 때 도움이 많이 된다. 구급대원은 술 취한 사람에게 맞아도 구급 조끼의 웨어러블 캠 영상으로 폭행 증거자료를 제출할 수 있고, 펌프차 위에 설치된 카메라와 소방용 드론으로 육안으로 볼 수 없는 것들을 볼 수 있게 되었다.

하지만 '명'만 있을까? '암'도 있다. 현장에서 구경하는 시민들은 스마트폰으로 영상 버튼만 누르면 소방관의 실수를 박제해버릴 수가 있다. 그뿐만 아니라 스마트폰 촬영은 우리 같은 공적 영역의 촬영은 그렇다 치더라도, 아까 그 주민처럼 사적 영역까지 침범할 수 있다. 동영상 시대의 명과 암은 분명하다. 동영상을 몰래 촬영해서 혼이 난 주민의 왼손은 아들의 오른손을 꼭 쥐고 있었다.

환자는 머리카락이 그을렸고, 얼굴과 팔다리에 발적[31]이 있었다. 폭발은 순식간에 피부에 손상을 입혔다. 수포는 없었으나 통증을 호소하는 것으로 보아 1도 화상임을 추정할 수 있었다. 이송 중에 환부를 차갑게 유지하면서 산소 3L/min을 비강 캐뉼라(Nasal cannula)로 투여하였다. 심한 통증을 호소하였기에 권역외상센터를 향해 전속력으로 달렸다.

나중에 알아보니 폭발의 이유는 가스 때문이었다. 드레스 룸은 밀폐되어 있었다. 환자가 말하기를 먼지제거용 스프레이[32]를 사용하여 옷의 먼지를 제거하던 중 갑자기 펑 하는 소리와 함께 폭발이 일어났고, 천장이 무너져 내렸다고 한다. 스프레이를 사용할 당시 양초를 켜 놓았다고 말했다. 스프레이에서 나오는 가연

31) 피부가 부분적으로 홍색을 띠는 일

32) 먼지제거용 스프레이는 가연성 스프레이와 불연성 스프레이로 나눈다. 가연성 스프레이가 조금 더 저렴하다. 가연성 먼지 제거용 스프레이의 분사제로 쓰이는 가스는 LPG이다. 대표적인 가연성 먼지 제거용 스프레이인 DR747에는 제품 사용 후 청소기 사용금지라는 표시가 되어있다.

성가스 LPG는 밀폐된 공간으로 퍼졌고, 그 가스는 촛불을 만나 폭발했다. 즉 화재가 나려면 가연물, 산소, 점화원이 만나야 되는데, 산소는 대기 중에 있었고, 점화원은 촛불, 가연물은 가연성 가스 LPG였다.

우리가 일상생활에서 화기나 가스가 들어간 용품을 사용할 때 주의사항을 꼼꼼히 읽고 위험하지 않은 범위 내에서 사용하는 것이 중요하다. 또한 이웃이 불행한 일을 당했을 때 함께 아파해주진 못해도 동영상을 찍는 것과 같은 비상식적인 행동을 보여주는 일은 더 이상 없었으면 한다. 타인에 대한 배려는 작은 행동에서 비롯된다는 것을 소방관 생활을 하면서 절실하게 느낀다.

아! 옛날이여

'아! 옛날이여~♪♬ 지난 시절 다시 올 수 없나~ ♬♬ 그 날!'

가수 이선희의 1985년 발매곡 「아! 옛날이여」의 후렴구 가사이다. 이 노래 제목의 '아!'라는 단어는 우리나라 노래 제목 중에 최고의 감탄사일 것이다.

텔레비전에 이선희가 나오면 깜짝 놀란다. 56세의 나이에도 불구하고 이선희의 외모는 30년 전보다 더 세련되어졌고, 옥구슬 흘러가는 목소리는 여전하다. 어떻게 저렇게 작은 체구에서 응집력이 있는 목소리가 나올 수 있을까? 라디오에서 「아! 옛날이여」 노래가 나올 때면 소방 활동 중 있었던 어느 할아버지와의 일화가 떠오른다.

'상습적인 불 피움' 신고 접수로 도심 속 어느 주택으로 출동했다. 그 주택의 사면 중에 삼면은 아파트로 둘러싸여 있고, 한면만이 다세대 주택을 바라보고 있었다. 그 주택엔 조그만 텃밭이 있었으며, 그 밭에서 할아버지는 쓰레기를 태우고 있었다. 아파트 주민이거나, 다세대 주택 주민이 신고한 모양이다. 할아버지는 동사무소에 이미 '불 피움' 신고를 했다며 잘못 없음을 하소연했다.

불 피우는 것을 금하는 데에는 세 가지 이유가 있다.

첫째, 불이 번지기 때문이다. 불은 통제하기가 어렵다. 뚝방의 건초를 태우려다 산불로 번지기도 하고, 성묘 후 담배를 함부로 버려서 산불이 나는 경우가 부지기수이다. 더구나 도시에서 불을 피운다면 불이 번질 수 있다는 것을 주민들은 본능적으로 알기 때문에 곧바로 119에 신고한다.

둘째, 소방차가 오인 출동하기 때문이다. 밭에 있는 건초더미를 태우려고 불을 피웠는데, 이것을 화재로 착각한 누군가의 신고로 소방차가 출동한다면 이는 오인으로 출동한 것이고, 소방기본법에 근거해서 20만 원의 과태료를 내야 한다. 그리고 무엇보다도 그것은 귀중한 소방력[33]을 낭비하는 일이다.

셋째, 태우는 행위 자체가 불법이라 과태료 대상인 경우가 있다. 폐기물 관리법 8조, 산림보호법 34조는 폐기물을 태우거나 산 근처에서 불을 피우지 말라고 이야기한다. 불을 피움으로써 얻는 사적 이익보다 더 큰 공적 피해가 발생한다. 그래서 일반폐기물 소

33) 소방대원, 소방차량을 포함한 소방장비, 소방용수가 소방력의 3요소이다.

각은 최대 50만 원의 과태료를, 산림 100미터 이내에서 불을 피우면 최대 30만 원의 과태료를 부과하고 있다.

불을 피움으로써 지저분한 건초더미를 없애는 후련함을 줄 수는 있겠지만, 대신 법적인 대가를 지불해야 한다. 할아버지에게 이러한 이유로 불을 피우면 안 된다고 차근차근 말씀드렸다. 할아버지는 씁쓸한 표정과 함께 이렇게 말씀을 하셨다.

"옛날에는 안 그랬는데, 요즘에는 인심이 너무 사나워졌네요."

우리 팀장님께서 공손히 말씀하셨다.

"요즘에는 자기에게 피해가 되면 바로 신고가 들어오니까요. 할아버지, 여기에서 불을 피우시면 안 됩니다. 이해 부탁드립니다."

할아버지는 속으로 「아! 옛날이여」를 부르며 탄식할지도 모르겠다. 앞으로는 조심해 달라고, 만약에 다시 불 피울 경우는 소방서로 오인출동을 방지하기 위해서 미리 신고해야 한다고 말씀을 드렸다.

불이라고 하는 강력한 에너지는 순식간에 많은 것을 가져간다. 불은 잘 쓰면 이롭지만, 방심하면 모든 것을 앗아간다. 소중한 생명과 재산을 잃고 나서 후회하면 무슨 소용인가.

따라서 소방법은 예방의 중요성이 강조되고 있다. 불 피움 신고는 물론, 소화전 주변 5m에 주정차하는 차량에 부과되는 과태료는 4만 원에서 8만 원으로 올랐고, 소화전 앞에 잠깐 정차만 해서도 안 된다. 법으로 통제하여 과태료를 부과하는 일이 심하다고 말할지도 모르겠다. 하지만 화재가 발생하여 소방관이 출동하는 것보다, 예방을 잘 해서 평온한 날이 이어지는 것이 백배 낫다.

차별받지 않을 권리

내가 거주하는 지역은 2000년 초에 개발되어 호황기를 거쳐 조용히 지고 있는 전형적인 베드타운이다. 거주자 약 7만 명의 지역을 한 센터에서 펌프차 2대, 구급차 1대가 담당한다.

신혼시절 나는 주공아파트에 살았다. 옆에는 수영장이 있는 아파트가 있었다. 가끔 그 주변을 산책할 때가 있었는데, 수영장에서 수영하는 주민들을 보면 부러운 생각이 들기도 했다. 소문에 의하면 그 동네에는 변호사, 의사, 사장님들이 많이 산다고 했다. 이런 곳은 화재, 구급출동도 별로 없다. 안전시스템이 물적, 인적으로 잘 되어 있기 때문이다.

8월 무더위가 하늘을 찌르던 어느 날 그 아파트에서 화재발생 신고가 들어왔다. 에어컨 실외기에서 불이 났다는 것이다. 방에 들어가니 의학 서적이 많은 걸로 보아 의사의 집인 것 같았다. 옥내소화전을 이용해서 실외기가 있는 부위의 화염을 제거했다. 나중에 확인해 보니, 하루 종일 에어컨을 틀어놓아 실외기의 콘센트가 실외기의 진동에 의해 콘센트의 접속 상태가 헐거워져 저항의 증가로 화재가 발생한 것 같았다.

주인아주머니는 만나는 모든 소방관에게 친절했다. 상대를 존중하는 마음이 몸에 밴 것 같았다. '곳간에서 인심 난다.'라는 속담이 그냥 생기지는 않았을 것이다.

예전에 중국에 여행 갔을 때 일반 상업도시인 청도에서는 도로를 달리는 차들이 수없이 많은 경적소리를 냈다. 하지만 홍콩 옆의 선진이라는 도시에 출장을 갔을 때는 자동차 경적소리를 거의 듣지 못했다. 부유한 만큼 배려도 깊었다.

아이러니하게도 그 고급아파트 옆에 임대아파트가 있다. 우리는 그 아파트로 하루에 한 번은 출동한다. 알코올 중독환자, 당뇨환자, 치매환자, 혈압환자, 파킨슨병 환자도 있다. 파킨슨병을 가진 아주머니는 이따금씩 새벽 3시에 구급신고를 하곤 한다. 결국 그곳으로 달려가서 우리가 제공하는 서비스는 그 아주머니를 일으켜 세워주는 것이 전부다. 번거롭지만 고맙다는 말을 연발하시니, 오히려 우리가 죄송해지기도 한다.

응급의료에 관한 법률 3조에 의하면 '모든 국민은 성별, 나이, 민족, 종교, 사회적 신분 또는 경제적 사정 등을 이유로 차별받지 아니하고 응급의료를 받을 권리를 가지고 국내에 체류하고 있는 외국인도 또한 마찬가지'라고 설명하고 있다. 고급아파트 주민이나 임대아파트 주민도 차별받지 아니하고 응급의료를 받을 권리가 있다. 외국인들도 똑같다는 것이다. 부자나 가난한 자나 피부색이 다른 자도 서비스에 차이를 둘 수가 없다.

가끔 이송환자 중에 본인의 남편이 의사라느니, 자신이 변호사라느니 하면서 내세우는 사람들이 있다. 하지만 우리가 그들에게 더 특별한 서비스를 제공할 의무는 없다. 아주대학교 이국종 교수가 이야기한 것처럼 '구급서비스는 돈 낸 만큼이 아니라 아픈 만큼 제공하여야' 한다.

48층 엘리베이터에 갇힌 사람들

엘리베이터에 사람들이 갇혔다는 지령을 접수했다. 지령서를 보니 담당 관내에서 가장 높은 주상복합아파트로, 그곳에 영화관이 있어 내가 가끔 들르는 곳이었다.

출동 중에 추가 지령을 보니 원인은 정전이었다. 총 66층의 높은 아파트다. 도착하여 승강기 비상키와 휴대용 탐조등을 챙기고 1층으로 들어갔다. 아파트 관리직원과 1층에서 만났다. 사고 지점이 어디인지 알 수 없어서 1층부터 계단을 통해 한 층, 한 층 올라가면서 5층마다 엘리베이터 문을 열어보기로 했다. 엘리베이터 문을 열고 휴대용탐조등으로 위 방향을 비춰도 아무것도 보이지 않았다. 30층쯤 지나니 다리가 후들거렸다. 공기호흡기를 맸다면 15층부터 기진맥진했을 것이다. 숨을 헉헉거리며 한 층 한 층 올라가다 보니 48층에 엘리베이터가 멈추어 있는 것을 발견할 수 있었다.

승강기 비상키로 문을 열었다. 그 안에는 어머니와 딸이 서로 껴안은 채 떨고 있었다. 총 4명을 구조했다. 요즘 엘리베이터는 추락 방지 시스템이 있다지만, 그래도 얼마나 무서웠을까?

그때 다시 전기가 공급되어서 엘리베이터를 이용해서 쉽게 내려왔다. 엘리베이터란 문명의 이기, 너무나도 사랑한다.

1층으로 와서 확인해 보니 비상용 발전기가 준비되어 있었지만 작동하지 않았다고 한다. 갇혀있던 다른 2명은 씩씩거리며 1층 관리사무실로 직행하여 불평을 쏟아냈다.

"아니, 여기가 최고의 아파트 아니에요? 비상용 발전기는 도대체 왜 안 되는 거예요?"

비상용 발전기 점검이 잘 안 된 모양이었다. 건물의 규모와 안전은 비례한다고 생각했는데, 그렇지 않다는 것을 몸으로 체험했다. 건물의 규모, 역사, 값어치만큼 건물이 안전하다면, 2008년 2월 10일 한국의 국보 1호 숭례문이, 2019년 4월 15일 프랑스의 산 역사인 노트르담 대성당이 불에 탈 이유가 없다.

안전은 한 사람의 노력으로 지켜질 수도 있다. 능력 있는 소방안전관리자[34]가 있는 건물은 복 받은 건물이다. 센터 바로 앞에 한 아파트가 있다. 소방서에서 보통 1년에 3번 정도 아파트에 방문한다. 두 번은 종합정밀점검 및 작동기능점검 확인, 또 한 번은 소

---

34) 특정소방대상물의 관계인은 소방안전관리 업무를 수행하기 위하여 행정안전부령으로 정하는 바에 따라 소방안전관리자로 선임하여야 한다.

방훈련이다.

지난 가을, 그 아파트로 작동 기능점검 확인 차 방문했는데, 아파트 소방안전관리자는 고쳐야 할 것들을 완벽하게 수리해 놓으셨고, 각종 소방시설에 대해서 세세하게 알고 계셨다. 그 아파트에서 20년간 근무하셨는데, 그동안 한 번의 화재 없이 지켜냈다고 한다. 작동 기능점검 확인 과정 중에 가장 인상 깊었던 소방안전관리자였다.

유능한 구성원은 촛불과도 같다. 그 한 사람이 들어오면 그 주변은 밝아진다. 그는 좋은 시스템을 만들려고 건의하고, 뛰어다니며, 소통하고, 때로는 뜻대로 되지 않아 싸움하기도 하고, 좌절하기도 한다. 하지만 분명한 것은 그 촛불 때문에 주변이 환해진다는 것이다.

구급출동의 5%는

허지웅 작가는 2018년 말 혈액암에 걸렸다. 그가 긴 암 투병을 마치고 최근 「나 혼자 산다」라는 프로그램에 등장하여 암 환자에게 해준 조언이 있었다.

'의사 선생님 말씀대로 하면 낫는다.'

아픔의 경중을 떠나 의사가 어떤 약을 처방해주면 꾸준히 먹는 것이 가장 빠른 완치의 길이라는 것이다. (약의 성분이 화학약이기 때문에 서서히 내 몸을 망치고 있다는 차원의 이야기를 하는 것이 아니라 자신의 판단보다는 전문가의 의견대로 하는 것이 좋다는 이야기를 하고 싶은 것이다.) 의사 업무의 절반 이상은 환자의 특성에 맞게 약을 처방하는 것이다. 구급 현장 활동을 하면서 허지웅 작가의 말이 정답이구나 느꼈다. 의사도 가끔 실수하므로 절대적으로 옳은 길은 아닐 수도 있지만, 그래도 회복의 가장 빠른 길은 의사의 말을 듣는 것이다.

피를 흘린 채 인도에서 쓰러져 있는 청년이 있다는 신고가 들어왔다. 어느 중학교 앞의 인도였다. 도착해서 보니 의식과 호흡은 있었다. 얼굴에서 피를 많이 흘리고 있어 살펴보니 이마에 열상이 있었다. 환자의 바지 주머니에 있는 휴대폰으로 그의 어머니께 전화했더니 뇌전증 이력이 있다고 한다. 환자를 주들것에 눕혔을 때, 소식을 전해 들은 환자의 아버지가 헐레벌떡 왔다.

"빨리 OOO 병원으로 가주세요!"

보통 환자는 한 병원에서 계속 치료하면서 경과를 관찰하고 데이터를 축적한다. 병력을 알고 있으면 좀 더 쉽게 해답에 접근할 수 있다. 이송하면서 환자와 이야기를 해보니 최근에는 증상이 완화된 것 같아 스스로 판단해 약을 먹지 않았다고 한다.

뇌전증 환자의 스토리는 대부분 똑같다. '누가', '어디서'만 바뀔 뿐이다. 똑같이 쓰러지고 물어보면 답은 한결같다. 대부분은 괜찮을 거야라는 마음으로 약을 복용하지 않는다. 장소만 바뀐다. 화장실, 안방, 인도에서 쓰러진 환자를 처치하고 이송했다. 대응장소가 횡단보도나 운전 중인 차 안이 아니길 바랄 뿐이다.

내 아내의 할머니도 뇌출혈 방지약을 복용하고 계셨지만, 며칠간 괜찮겠지 하는 마음으로 약을 안 드셨고, 결국 쓰러지셨다. 약을 제때 복용하지 않아 식물인간이 되셨고, 2년의 투병 생활 끝에 결국 돌아가셨다.

통계에 나와 있지는 않지만, 구급출동의 경험으로 비추어보면 쓰러진 환자의 5%정도는 약을 제대로 복용하지 않아서인 것 같다. 물론 약이 우리에게 이득만을 주지는 않는다. 어느 정도의 부작용이 있는 것도 사실이다.

고혈압의 예를 들어보자! 체중이 500g이 늘면 3km 이상의 혈관이 필요하고, 이렇게 길어진 혈관에 혈액을 순환시키려면 높은 압력이 필요하다. 고혈압의 한 원인이 될 수 있다. 문제는 높은 혈압으로 혈관이 터질 수가 있다는 것이다. 터진 혈관이 뇌 안이라면 뇌출혈이 되는 것이다. 그래서 억지로 혈압을 낮추는 약을 복용한다. 장점만 있을까? 어지러움, 두통, 메스꺼움 등 부작용도 많다. 혈압약은 이뇨를 유도하거나, 혈관을 확장시킨다. 혈압약을 복용하지 않았을 때 발생할 수 있는 질병이 더 많기 때문에 반드시 복용해야 하는 것이다.

따라서 약이 주는 부작용의 염려를 뒤로한 채 의사의 처방대로 약을 꾸준히 복용해야 한다. 약 먹는 기간을 줄이는 유일한 방법은 운동을 병행하면서 약을 복용하는 것이다.

3부

구하겠습니다!

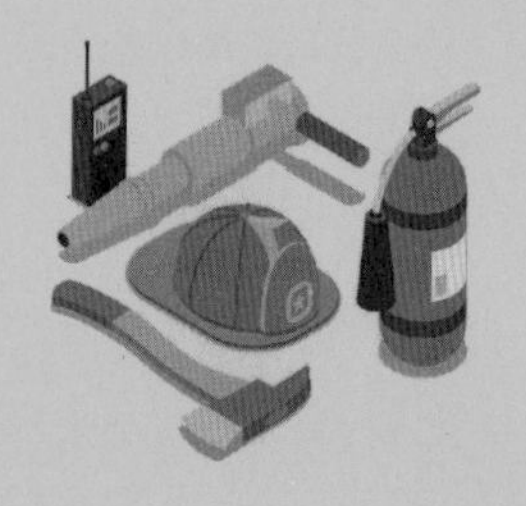

심폐소생술로 살려낸 환자

안방 문이 열려 있었다.

젊은 남성은 침대 위의 미동 없는 노인에게 가슴압박 중이었다. 그 옆에는 쓰러진 환자의 부인으로 보이는 여성이 입을 가리고 울고 있었다. 침대는 푹신한 매트리스가 아니고, 돌침대였다. 초기 흉부압박은 실패가 아니다.

나와 김 반장은 차가운 환자를 바닥에 내려놓았다. 팀 리더인 성 반장님은 출동한 대원들에게 각각의 역할을 지시했다. 구급대원들은 기도 확보를 위해 아이겔(I-gel)[35] 삽입을 시도했으나, 구강 강직으로 실패했다. 권 반장은 가슴에 제세동기 패치를 붙였다. 다른 구급대원들은 한 사이클씩 돌아가면서 흉부압박을 했다.

"언제 발견하셨어요?"

"20분 전에 발견했고요. 바로 신고하고, 119 상담요원의 안내에

---

35) 기도 확보를 위해 입에 꽂아 넣는 의료용 호스

따라 흉부압박 진행했습니다!"

권 반장은 패치를 붙여 심장 리듬을 확인했다. 심실세동(VF) 리듬이 보여서 제세동을 실시했다. 내가 흉부압박을 할 차례다. 흉부압박은 손으로 하는 것이 아니고 허리로 하는 것임을 명심하면서, 살려보자고 기도하는 마음으로 가슴을 눌렀다. 그리고 완전히 이완했다. 시간이 흘러 이마에 땀방울이 송골송골 맺혔을 때 갑자기 환자가 기침하면서 눈을 떴다.

성 반장님은 목동맥에 손을 대었다. 그는 우리 눈을 보면서 고개를 끄덕였다. 맥박이 느껴짐을 알 수 있었다. 자발순환(ROSC, Return Of Spontaneous Circulation)되었다. 하지만 긴장의 끈은 계속되었다.

성 반장님은 사위에게 심장은 다시 뛰지만, 병원으로 이송 중에 다시 심장이 멈출 수 있다고 알렸다. 구급대원은 '정맥로 확보'해서 순환을 도와주었고, 분리형 들것에 환자를 옮겨서 응급실로 급하게 이송하였다.

처음이었다. 십수 번의 심정지 상황을 맞이했지만, 환자가 다시 살아난 것은 처음이었다. 기뻤다. 소방관의 공도 있겠지만, 돌침대 위에서 건장한 사위가 심폐소생술을 바로 진행했던 것, 환자 나이가 너무 많지 않았던 것. 센터와 현장이 가까웠던 것 등 많은 요인이 환자를 살렸다. 생명을 살려낸다는 것은 이토록 가슴 벅찬 일이었다. 그 많은 역경과 고난 속에서도 내가 소방관이라는 직업을 놓지 못하는 이유였다. 며칠 후 환자가 건강하게 퇴원했다는 연락을 받았다.

소방훈련을 하는 날이다. '통보, 소화, 피난유도'로 이루어진 무각본 소방훈련을 잘 마쳤다. 심폐소생술을 할 수 있는 분이 있으시냐고 여쭈어봤다. 심폐소생술은 보여주는 것보다 실제로 해 보면 더 효과적이기 때문이다. 한 여성분이 심폐소생술을 배웠다면서 시범을 보이기로 했다. 우리는 그 과정을 유심히 지켜봤다.

먼저 그 여성분은 의식과 호흡을 확인하고, 두 번째로 한 사람을 지목하여 제세동기를 가져다 달라고 요청하고 다른 사람을 손으로 지목하여 119에 신고하라고 말했다. 그리고 머리를 뒤로 젖히고, 인공호흡을 하고, 흉부압박을 했다. 순서가 조금 달랐지만 그래도 훌륭했다. 시범 후에 심폐소생술의 핵심과 부족한 부분을 말씀드렸다.

첫째, 심폐소생술의 목적은 '뇌 손상방지'이다. 뇌라는 명령 기관이 살아야 심장은 다시 뛸 가능성이 있다.

둘째, 가슴압박이 중요하다는 것도 말씀드렸다. 아무리 깊게 가슴압박을 해도 평소 뇌로 가는 혈액 관류량이 평소에 30% 밖에 안 되니 힘껏 압박해야 한다는 것이다. 또한 누르는 것보다 더 중요한 것은 손을 완벽하게 떼는 것이라는 것을 강조했다.

그 여성분은 기도유지를 먼저 하고, 인공호흡, 흉부압박 순으로 진행했다. 15년 전에 이렇게 하면 누구도 뭐라고 할 사람이 없었을 것이다. 하지만 미국심장협회(AHA)가 2010년에 개정한 심폐소생술 가이드라인에 의하면 먼저 흉부압박을 하고, 기도유지하고, 인공호흡을 하는 순서로 해야 한다.

뇌는 5~10분간 혈액이 공급되지 않으면 뇌사상태에 빠진다. 여러 견해가 있지만 뇌사상태가 되면 죽음으로 보는 것이 지배적이다. 그래서 일단 숨을 불어 넣어주는 것보다, 기도를 확보하는 것보다 우선해야 될 것이 흉부압박이다. 심장 안에 있는 혈액을 뇌로 보내어 뇌를 살리는 것이 중요하다.

그래서 압박(Compression)을 먼저 하고, 기도(Airway)를 확보하고, 인공호흡(Breathing)을 해주는 것이 최근에 알려진 가이드라인이다. 즉 C-A-B 순서로 해야 한다. 즉, 가슴압박이 심폐소생술의 가장 중요한 행위이다.

응급구조가 정말 필요한 사람은 심정지 상황에 놓인 사람이다. 응급실 이송보다 더 먼저 현장에서 해결해야 하는 것이 심정지 환자다. 하지만 구급대원이 현장까지 아무리 빨리 와도 5~10분(전국 평균 약 8분 30초)이 걸린다. 환자가 쓰러지고 엔진이나 다름없는 심장이 죽으면 뇌는 서서히 죽는다. 10분이 지나면 뇌는 회복하기 어려울 정도로 손상을 받는다. 그래서 일반시민(목격자) 차원에서 심폐소생술이 중요하다는 것을 홍보하고 교육하는 것이다.

나는 2급 응급구조사 자격이 있지만 부족함을 느껴서 '스마트 의료지도(SALS)' 교육을 다녀왔다. '스마트 의료지도'는 심정지 상황 발생 시 현장에서 의사의 원격의료 지도를 통해 가장 빠르게 환자를 소생시키는 것이다. 이 시스템은 아주대학교 병원과 수원소방서가 협업하여 시범적으로 이루어졌고, 성과가 좋아 전국으로 확대되었다. 이 사업의 핵심은 의사와 영상통화를 하며 직접 지시를 받아 혈액 순환 유지를 위한 정맥 주사 및 약물 투여를 할 수 있다는 것이다. 스마트 의료지도 시범사업을 통해 병원 밖 자발순환 회복률을 3배 이상 끌어올리고 신경학적 상태가 호전되어 퇴원하는 환자수도 2배 가까이 늘었다.

2019년도 우리 소방서는 158명의 심정지 환자를 이송하고, 27명의 환자의 심장이 되살아나서 병원까지 이송했으며, 12명의 환자가 완치되어 퇴원하였다. 병원 문에 들어설 때 회복한 경우는 17%이고, 나중에 완치돼서 퇴원하는 환자의 비율은 7.5%였다.

빠른 119 신고, 빠른 출동, 거기에 정확하고 빠른 심폐소생술까지 시행한다면 현장에서 살릴 수 있거나 병원에 가서 더 많이 소생시킬 수 있다.

심장이 회복되지 않으면 때로 현장에서 의사가 사망 판정을 내리기도 한다. 보호자에게 비보를 전하는 일은 세상의 어떤 것보다 힘든 일이다. 하지만 그 또한 구급대원의 역할이다. 장비를 챙기면서 뒤에서 터져 나오는 오열에 숙연해진다. 돌아오는 구급차 안에서는 엔진소리만 들린다.

오늘도 죽어가는 환자를 다시 삶으로 돌리려는 가장 강력한 소생법인 심폐소생술을 더욱 홍보하고 정확하게 실행해야 한다. 정부에서는 가정마다 한 사람씩 정확하게 배워두자고 시민 교육에 신경 쓰고 있지만, 참여도는 그리 높지 않게 보인다.

소방관입니다 저희가 구해드릴게요

나는 구급차 운행을 3단계로 구분한다. 1단계는 '현장까지 가는 구간'이다. 현장에서 펼쳐지고 있을 최악의 상황을 가정하고 빨리 간다. 할 수 있는 모든 방법, 즉 사이렌과 밝은 전조등과 각종 경고 등을 활용하여 긴급자동차가 허용하는 범위 내에서 목적지로 짧은 시간에 간다.

2단계는 '병원으로 이송하는 단계'이다. 긴급한 환자인 경우 역시 사이렌을 울리며 성난 황소처럼 병원으로 진입할 수밖에 없다. 사람의 생명보다 귀중한 것은 없기 때문이다. 어쩌면 1단계보다도 더 중요하다고 볼 수 있다. 응급 환자를 병원 베드로 옮기고 인수자의 서명을 받으면 2단계는 종료된다.

마지막 3단계는 '다시 센터로 돌아오는 구간'이다. 교통질서를 준수하며 차분히 복귀한다. 때로는 옆의 동료와 현장에서 있었던 처치 등에 대해서 복기해보기도 한다.

그날도 평소처럼 환자를 병원에 이송하고 센터로 돌아오는 중이었다. 내가 정의한 3단계의 과정이다. 매번 익숙한 로터리를 지나 대학교를 지나 신호를 건너면 우리의 일터인 119안전센터가 보인다.

그런데 소형펌프차가 급하게 사이렌을 울리며 출동을 나가고 있었다. 무슨 일이지? 후진으로 구급차를 주차하고 있을 때, 팀장님께서 급하게 뛰어나와 구급차를 두드리며 빨리 펌프차를 따라가라고 했다. 팀장님의 눈빛이 심상치 않았다.

자동변속기 기어를 R에서 D로 바꾸고 사이렌을 울리고 멀어져 가는 소형펌프차를 따라갔다. 우 반장은 무전으로 119종합상황실에 출동을 잡아달라고 부탁했다. 신호를 무시하고 엑셀을 밟았다. 소형펌프차는 한 아파트로 들어갔다. 거의 따라잡았다. 예감이 안 좋다.

눈앞에 펼쳐진 장면은 절망적이었다. 자살소동 신고에 여러 차례 출동했지만, 대부분은 자살이 아니라 대화하고 싶다는 신호가 더 많았다. 하지만 이 경우는 달랐다. 아파트 10층에 사람이 대롱대롱 매달려 있는 게 아닌가. 자세히 보니 여자 한 명이 매달려 있고, 남편으로 보이는 남자는 그녀의 팔을 잡고 있었다.

"공기안전매트를 펴세요!"

무전기에서 소리가 들렸다. 매뉴얼은 나도 잘 알고 있다. 중요한 것은 1분 1초를 다투는 긴급 상황이라는 것이다. 감 반장님은 공기안전매트를 펼치고 있었고, 막내반장은 보이지 않았다. 감 반장님은 빨리 10층으로 올라가라고 소리쳤다. 『손자병법』의 저자 손무는 '장수는 전장에 나오면 비록 군주의 명령이라도 거부해야 된다.'고 말했다. 매뉴얼보다는 현장에서의 경험과 직관이 더 중요하다는 것이다. 물론 책임은 스스로 져야 한다. 생각할 것도 없이 구급대원 우 반장과 함께 뛰어 10층까지 올라갔다.

그런데 문이 잠겨 있는 게 아닌가? 몇 번 문을 두드렸다. 아내는 매달려있고, 남편은 아내의 손을 잡고 있고, 그렇다면 집에는 아무도 없겠구나!

아래층인 9층으로 접근해야겠다고 판단하고 뛰어 내려갔다. 하지만 9층의 현관도 문이 잠겨 있었다. 머리를 움켜쥐었다. 머릿속에는 몇 개월 전 아파트 난간에서 힘이 빠져 세상을 뜬 젊은 여성이 떠올랐다. 이번에도 그러면 안 되는데…. 그때 엘리베이터 문이 열렸다.

막내반장이 동력절단기를 가져왔다. 잠겨있는 문은 동력절단기로 구멍을 내고 손을 넣어서 문을 딸 수 있다. 동력절단기 시동을 걸고 RPM을 올렸다. 힘이 가장 센 막내반장이 주도하여 출입문에 동력절단기로 구멍을 만들기 시작했다.

혼자 힘으로는 부족하여 우 반장과 나도 도와가면서 구멍을 만들었다. 쇠와 쇠의 부딪침은 불꽃을 만들었고, 불꽃은 우리의 피부를 때렸지만, 이미 정신은 반 미쳐있어서 뜨겁지도 않았다. 손에 피가 나도록 방화문을 치고, 발로 차서 거의 다 구멍이 만들어졌다.

"앗!"

별안간 밖에서 탄식 소리가 들려왔다. 최악의 상황은 아니기를…. 우리는 마침내 현관문에 구멍을 내는 데 성공했다.

그때 엘리베이터 문이 열리고 구조대원들이 합류했다. 이중으로 문이 잠겨있었다. 기본 잠금쇠는 구멍에 손을 넣어 열었지만 추가로 설치된 도어락은 버튼을 아무리 눌러도 열리지 않았다. 1초가 급한데 다시 처음으로 돌아갔다.

경험이 많은 구조대원은 구조장비를 이용해서 문과 문틀 사이를 벌려서 강제적으로 도어락을 해제시켰다. 드디어 출입문을 열었다. 다 같이 출입문 근처 방으로 갔다.

베란다로 나가보니 창문으로 요구조자가 보이지 않았다. 구조대원은 외쳤다.

"여기 아니잖아!!"

망치로 맞은 듯한 기분을 뒤로하고 거실 베란다로 갔다. 블라인드를 걷었더니 밖에 매달려 있던 요구조자의 눈과 마주쳤다.

"소방관입니다. 저희가 구해드릴게요."

나와 막내반장은 요구조자를 안아 끌어내렸다. 따뜻했다. 온기가 있으면 된 것이다. 구조대원은 무전기의 송신 버튼을 눌렀다.

"요구조자 구조 완료, 구조 상황 종료!"

긴 한숨이 저절로 나왔고 정신이 돌아왔다. 요구조자를 안정시켰다. 위층으로 올라가 보니 남편은 맥이 풀려 앉아 있었다. 좀 전의 탄식 소리는 여성이 남편의 한 손을 놓쳐서 나온 소리라고 했다. 십여 분 동안 얼마나 힘들었을까? 당사자가 아니면 알 수가 없을 것이다. 그는 주저앉은 채로 울면서 나에게 고맙다고 했다. 나는 속으로만 말했다.

'운이 좋았어요. 센터가 멀었다면 결과가 어떻게 되었을지 장담할 수 없었어요.'

엘리베이터를 타고 1층으로 내려왔다. 팀장님은 십년감수했다고 했다. 대응팀도 와서 상황을 정리하고 파괴된 문의 보상처리를 진행했다.

센터로 돌아와서 후기를 나누었다. 한 선임께서 이번 건은 신문에 기사로 날 수 있겠다고 했다.

"신문에 안 나와도 되니까, 이런 일들이 일어나지 않는 안전한 대한민국이 되기를 기대합니다."

웃으며 말은 했지만, 내심 인터뷰 답변을 준비했다. 하지만 어떤 취재 요청도 오지 않았다. 이 기록이 없다면 이 사건도 연 80만 건의 구조 중 한 건으로 묻혔을 것이다.

방화하는 사람들의 심리

"요구조자 1명 발견! 분리형 들것 필요!"

무전이 들려왔다. 우리 팀은 후착대로 화재 현장에 도착했다. 빌라 3층 창문에서는 검은 연기와 화염이 분출되고 있었고, 진압대원들은 소방호스를 들고 빌라 안으로 진입하고 있었다. 나도 면체를 단단히 조이고 분리형 들것을 들고 3층으로 올라갔다.

구조대원과 진압대원은 호마다 요구조자가 있는지 확인하고 있었다. 3층 304호 앞이었다. 한 여성이 누워있었고, 진압대원은 보조마스크를 환자의 입에 대고 그가 가진 공기를 나누었다. 바닥에는 피가 흥건했다. 가슴의 움직임을 보니 아직 호흡은 있었다. 분리형 들것에 환자를 단단히 결박하고 4명의 소방관이 여성을 들고 출구를 찾았다.

1층에 기다리고 있던 구급대원에게 환자를 인계했다. 환자평가를 해 보니 손목에는 칼에 베인 듯한 상처가 있었고, 복부에는 세

군데 칼에 찔린 상처가 있었다. 혹시 자해했는지 물어보니 말없이 고개를 끄덕였다.

시간이 지나고 화재는 어느 정도 진압되었다. 연기를 빼야 할 것 같아 이동식 송배풍기를 들고 3층으로 가서 송배풍기를 작동시켰다.

화재조사관은 그 여성이 평소 우울증을 앓고 있었고, 여러 가지 흔적과 진술로 봐서 삶을 비관하여 방화한 것으로 추정된다고 했다.

주간 근무로 출근하고 보니 호스 건조대에 소방호스가 많이 널려 있었고, 방화복 건조기는 시끄러운 소리를 내면서 방화복을 말리고 있었다.

밤중에 큰 화재가 발생했구나. 야간 근무자들과 커피를 마시면서 새벽에 발생한 화재에 대해서 자세하게 들을 수 있었다.

관내 아파트에서 폭발음이 들리고 불이 났다는 지령을 접수해서 출동했다. 진압대원은 아파트 5층으로 올라갔다. 창문 틈에서는 검은 연기가 뭉게뭉게 새어나오고 있었다. 동력절단기를 이용해서 출입문을 강제 개방했다. 아파트 내부는 이미 전소되었고 동료들은 인명검색을 실시했다.

주방에 쓰러져 있는 양문형 냉장고 내부에서 2명의 사망자를 발견했고, 가스 공급 호스는 잘려져 있었다. 불이 난 흔적으로 볼 때

인화성 물질이 집안에 뿌려져 있음을 추정할 수 있었고, 가스가 밖으로 새어나가지 못하게 하려는 목적이었는지 테이프로 창문을 다 막아놓았다고 한다. 여러 흔적으로 봐서 방화 같기도 하고, 완전범죄를 노린 것 같기도 한 기묘한 사건을 만났다고 한다. 지난번에 도시가스 자살시도 사건은 불씨가 없어서 폭발을 안했다면, 이번에는….

냉장고 속 시신은 어머니와 둘째아들이었다. 어머니는 17년 전부터 남편과 별거한 상태였고, 남편으로부터 매월 150만 원의 생활비를 받아왔다고 한다. 숨진 30대 아들은 아직까지 직업이 없었다. 아파트 CCTV에 휘발유 통을 들고 가는 둘째아들이 찍혔다. 만약 삶을 비관해서 자신의 존재와 살아온 기억, 흔적 모두를 지우고자 했다면, 안타까운 현실이 아닐 수 없다.

방화는 전체 화재의 1%를 차지한다. 방화는 범죄다. 방화 범죄란 고의로 화재를 일으켜 생명이나 신체, 재산 등에 위험을 초래하는 범죄를 말한다. 우리나라의 경우 살인, 강도, 강간 등의 범죄와 함께 4대 강력범죄에 속한다.

「다크 나이트」라는 영화가 떠올랐다. 히스 레저는 조커로 분장하여 말로 표현할 수 없는 대단한 연기를 펼쳤다. 그 중 인상적인 장면이 있다. 조커가 돈 무더기를 높이 쌓고 나서 악당친구들을 불러 모은다. 그리고 돈 무더기를 전부 태운다. 자본주의 사회에서 보통 악당이 추구하는 것은 돈이다. 조커는 돈을 뛰어넘는 아무것도 없는 '무'나 절대적인 '악'을 추구했는지 모르겠다.

「다크 나이트」의 방화와 내가 실제로 겪은 방화는 대척점에 있다. 내가 실제로 경험한 방화범들은 절대적인 '악'을 찾지 않았다. 그들은 본래 '선'을 추구했는지도 모른다. 잘 살아보려고 안간힘을 썼으나 현실은 시궁창이었는지도 모른다. 그들이 먹을 빵과 우유가 있었다면, 마음 터놓고 대화를 나눌 한 명의 친구가 있었다면 그들은 방화가 아니라, 누군가를 비추어줄 환한 불빛이 되었을지도 모르겠다.

옥계휴게소를 덮친 불

일 년에 한 차례씩 강원도 삼척에 계시는 아내의 할머니 댁에 방문한다. 2013년에 결혼해서 일 년에 한 번씩 빠뜨리지 않고 방문하고 있다. 자주 찾아뵙고 싶어도 너무 먼 거리인지라 쉽지 않다.

보통 여름에 가는데, 올해는 겨울에 방문했다. 1박 2일의 짧은 일정이었다. 삼척 번개시장에서 회와 오징어도 사 먹고, 딸아이와 한국 최대의 굴인 환선굴도 돌아보는 즐거운 시간이었다. 이런 걸 두고 소확행이라고 하는가 보다.

반가워하시는 할머니, 할아버지의 모습을 보면 자주 찾아뵙고 싶은 마음 간절하다. 이번에 할아버지는 6.25 전쟁 참전 기록이 발견되어 참전유공자로 인정받아 국가로부터 명예수당을 받게 되었다며 좋아하셨다.

아쉬움을 뒤로하고 점심을 하고 다시 내가 사는 천안으로 발걸음을 돌렸다. 동해휴게소를 지나 옥계휴게소가 보인다. 아내에게 잠깐 쉬어가자고 말했다. 옥계휴게소에서 보고 싶은 것이 있었기 때문이다.

2019년 4월 5일 새벽 1시쯤 되었을까? 비상소집 연락이 왔다. 옷을 주섬주섬 입고 센터로 달려갔다. 대응3단계 발령이다. 강원도 고성과 동해에 큰 산불이 난 것이다.

초등학교 시절, 연소의 세 가지 조건을 공부했다. 가연물, 산소, 점화원이 그것이다. 마른 나무는 가연물이며 바람은 산소이다. 예전에 우리 집에는 아궁이에 바람을 불어 넣어주는 '풀무'라는 장비가 있었다. 종이나 볏짚을 이용해서 작은 불씨를 아궁이에 만들어 놓으면 풀무를 돌려서 바람을 넣고 불을 살릴 수가 있다.

그날 고성에서의 강력한 바람과 마른 나무는 연소의 조건을 99% 만족하는 상태였다. 불행히도 점화원인 작은 불씨를 만나 연소 아니, 재난이 되고 말았다. 뉴스를 보니 초속 20~30m의 강풍이 불어 불길이 속초 도심으로 향하고 있다고 한다. 무척이나 심각한 상황이었다. 우리 소방서에서는 소방청의 요청에 따라 고성과 동해로 12대의 소방차와 50여 명의 소방관을 보내기로 빠르게 결정했다.

새벽에 고성으로 출발했다. 같은 대열을 유지해야 하므로 시간이 꽤 오래 걸렸다. 졸렸지만 순번을 돌아가면서 운전했다. 휴게소에서 잠시 쉬었는데, 뒤따라오던 다른 펌프차 반장님께서 졸음운

전 하지 말라고 하셨다.

'인천소방'과 '광주소방'의 소방차 행렬도 보였다. 소방차 행렬을 보니 전율과 긴장감이 동시에 찾아왔다. 운전하는 인천소방 기관원과 눈이 마주쳐서 경례를 했다. 누군가를 도우러 떠나는 모습에서 스스로 '어벤져스'의 일원이 된 것 같은 착각에 잠시 빠졌다.

대관령을 넘어갈 때는 브레이크 라이닝이 타는 냄새가 났다. 소형펌프차야, 조금만 참아라. 이렇게 한번에 몇백 킬로씩 운행해본 적이 없지? 너는 할 수 있을 거야! 묵묵히 목적지로 갔다. 소양호에서는 물을 싣고 있는 산림청 헬기도 보였다. 이번에 동원된 50대의 산불지원 헬기 중 한 대일 것이다.

산과 주택이 불에 탄 흔적이 조금씩 보이기 시작했다. 처참했다. 건물 한두 채 타는 것은 많이 봤지만, 이렇게 광범위하게 화마가 휩쓸고 간 흔적은 처음 보는 풍경이었다. 전쟁이 벌어진 듯했다. '고성'이라는 이정표가 보였다.

경찰과 소방관들이 웅성웅성 모여서 무슨 조사를 하는 것 같은 장면이 보였다. 나중에 알아보니 그곳은 최초 발화지점인 강원도 고성군 토성면 원암리의 전신주였다. 개폐기 폭발로 신고되었고, 근처 소방서의 소방차는 현장에 3분 만에 도착하였다고 한다. 소방관은 화점 방수를 했지만, 물줄기가 역행할 정도로 강풍이 심해서 결국 초기 진화에 실패했다.

우리가 고성에 도착했을 때는 이미 105채의 가옥이 전소된 상태였다. 시간의 흐름에 따라 바람도 잠잠해져 불은 거의 진화되었다. 우리 소방서 선착대로 이미 한바탕 전쟁을 치른 주임님은 일당백으로 화마와 싸웠다고 했다. 초기에 강원도 소방은 적은 인력으로 어떻게 대응했을지 상상이 되지 않았다. 다시 소방청의 지령에 따라 우리는 또 다른 산불 발생지인 동해로 향했다. 1시간 후 '강릉'이라는 표지판이 보였다.

강릉에 오니 '석란정 화재(2017)'가 떠올랐다. 1년 전에 소방서 동료들과 강릉에 놀러간 적이 있었다. 몇 달 전 발생한 석란정 화재 순직사고가 생각나서 강릉 경포호 근처를 찾았다. 60년 전 지어진 작은 목조정자 석란정, 이미 폐허만 남은 그곳을 찾았다. 석란정에 원인 모를 화재가 발생했고, 10여 분만에 불을 껐으나, 새벽에 다시 불이 살아났다. 2명의 소방관은 재출동하여 화재진압을 하다가 무너진 건물 잔해에 깔려 순직했다. 그 자리에서 동료들과 간단히 추모했다. 故 이영욱 소방경은 퇴직을 1년 앞두고 있었고, 故 이호현 소방교는 임용된 지 8개월이 지난 때였다.

1시간쯤 지났을까? 동해 목적지로 가는 도중에 바닷가에 인접한 한 휴게소에서 잠시 쉬어 가기로 했다. 동해의 산불이 여기까지 침투했다. 불씨는 내륙에서 폭이 20m쯤 되는 도로를 넘어서 연속적으로 휴게소를 때렸다. 비유하자면 총상을 맞은 것이다. 불씨는 총알이 되어 식음료 판매를 하던 원형의 건물과 바다가 보이는 테라스, 그리고 아름다운 정원 등 탈 수 있는 모든 것에 박혔다. 바람을 타고 날아가는 것은 미세먼지만이 아니다. 건조한 날씨라면 불씨도 바람을 이용해서 날아간다. 불씨가 덮친 휴게소가 바로 이곳 옥계휴게소였다.

그 처참했던 옥계휴게소가 얼마나 복구되었는지 보고 싶었다. 예전의 모습을 되찾은 듯 보였다. 아내와 딸과 함께 화마의 흔적이라고는 전혀 찾을 수 없는, 평화로운 바닷가 앞 테라스에서 사진을 찍었다. 휴게소는 화마 이전의 모습을 되찾았지만 고성, 동해 주민들의 마음의 상처는 되찾지 못했을 것이다. 화마의 흔적은 지울 수 있지만 아픈 기억과 마음은 지워지기 힘들 것이다.

강원도 산불 화재를 진압하기 위해서 소방청은 신속한 파견 결정으로 각 시·도에서 강원도로 872대의 소방차와 소방관 3,251명을 파견했다. 전국의 모든 소방관들이 몸과 마음으로 힘을 모아 산불을 조기에 진화할 수 있었다. 강원도로 향하는 전국 소방차 행렬을 보고 지방직을 국가직으로 전환하자는 외침에 많은 국민들이 고개를 끄떡였을 것이다.

글을 쓰는 지금, 소방은 지방직에서 국가직으로 전환되었다. 눈앞에 감당할 수 없는 재난이 발생했을 때, 전국에서 재난 현장으로 '바로' 달려가는 소방차 행렬을 앞으로는 뉴스에서 쉽게 찾아 볼 수 있을 것이다.

그동안 지역 예산에 따라 소방서비스의 격차도 있었던 것이 사실이다. 한 펌프차에 2명의 소방관이 탑승하는 지자체와 4명이 타는 지자체는 소방서비스의 질적 차이가 있었던 것이다. 마찬가지로 찢어진 방화장갑이 교체가 되지 않는 지자체의 진압대원은 몸을 사릴 수밖에 없었다. 이제는 아니다. 지자체의 규모만큼이 아니라 화재, 구조, 구급의 규모만큼 서비스를 제공하는 시대가 되었다.

원고를 퇴고하던 중 2020년 5월 1일, 강원도 고성에서 다시 큰 산불이 발생했다. 다행히 인명피해는 없었다.

소방청은 대응3단계를 가동했고, 소방동원령2호[36]가 전국적으로 발령되었다. 전국에서 소방관 1,800명이 투입되었다. 체계화된 매뉴얼로 1시간 반 정도 빨리 투입되었다. 소방기본법 개정을 통해 각 시도 소방본부도 동원령을 의무로 받아들였다. 눈에 띄는 뉴스 기사의 제목은 '고성 산불 대응 빨랐던 이유에는 소방관 국가직화도 한몫 했다'였다.

---

36) 대응3단계면 각 시도 소방력을 동원할 수 있고, 동원력1호는 시도 당번소방력의 5%, 2호는 10%, 3호는 20%까지 지원해야 한다. 이는 2019년 고성 산불을 경험한 이후에 생긴 제도이다.

외상 후 스트레스 장애, PTSD

아내는 야근 중이고, 나는 아는 형님과 축구단 운영에 관해서 이야기할 것이 있어서 부득이하게 형님네 가족에게 딸아이를 부탁했다. 그 집에는 고양이가 다섯 마리가 있었다. 고양이를 사랑하는 부부였다. 고양이 분양업을 하기도 했으니 말이다.

한 시간쯤, 카페에서 축구단 이야기를 하다가 딸을 다시 데리러 갔다. 딸은 그 집에 고양이가 다섯 마리나 있다며 「나만 없어 고양이!」라는 노래를 불렀다. 이쁘게 생긴 고양이들 보고 있으니, 1년 전 사고가 떠오른다.

최 반장과 함께 고양이 구조 신고가 들어와서 소형펌프차를 운전하고 현장으로 갔다. 가면서 신고자에게 전화해 보니 새끼고양이가 자동차 하부로 들어갔다는 것이다. 겨울에는 종종 고양이가 추운 곳을 피해 차 하부로 들어가기도 한다. 비슷한 구조 경험이 몇 번 있어서 대수롭지 않게 생각했다.

왕복 6차선 대로 옆 주차장에 도착했다. 중년 여성 세 명이 현장에서 웃으면서 우리를 기다리고 있었다.

승용차 바퀴 쪽에 고양이가 숨어 있었다. 고양이를 부르고, 손짓해도 꿈쩍하지 않는다. 우리는 고양이에게 살충제를 뿌린 후에 포획망으로 잡으려는 계획을 세운 후 살충제를 뿌렸다. 고양이는 신음소리를 냈지만, 꿈쩍도 하지 않아 살충제를 더 살포했더니 놀라서 밖으로 나왔다. 그리고는 본능적으로 포획망을 피해 달아났다.

고양이 눈에는 우리가 적으로 보였는지 앞만 보고 뛰어갔다. 왕복 6차선 도로, 고양이는 그곳으로 뛰어갔다.

80km로 달리는 차들.

겁먹은 고양이.

아무것도 하지 못하는 우리들.

고양이는 결국 차에 치여 죽고 말았다. 신고자들은 비명을 지르며 눈을 가렸고, 우리는 망연자실한 채 로드킬 당한 고양이를 바라보았다. 그렇게 구조는 실패했다. 침묵 속에 우리는 센터로 돌아왔다. 도로에 서 있던 고양이가 계속 머릿속에 떠올랐다.

나의 실수로 고양이를 죽음에 몰아넣었다. 고양이의 죽음을 앞에 두고 아무것도 할 수 없었던 것은 큰 죄책감으로 다가왔다. 차들이 질주하는 한복판에 어찌할 바를 모르고 서 있던 고양이의 모습이 계속 떠올랐다.

이런 후유증을 '외상 후 스트레스 장애(Post-Traumatic Stress Disorders, 이하 PTSD)'라고 한다. 사전적인 정의는 '사람이 충격적인 사건을 경험한 후 발생할 수 있는 정신, 신체 증상들로 이루어진 증후군'이다.

나뿐만 아니라 구급대원 인 반장도 PTSD 때문에 장기 병가를 낸 적이 있다. 어떤 여성이 자살하려고 아파트 난간에 매달렸는데, 잘못된 생각임을 깨달아 도와달라고 크게 외쳤다. 그 소리를 들은 주민이 119에 신고했다. 정신없이 구급차를 몰고 현장에 도착한 인 반장은 지상에서 무전으로 상황을 보고하고 있었다. 나머지 구급대원은 그 여성을 구하러 뛰어서 올라갔다. 인 반장은 난간에 매달렸던 여성이 손에 힘이 빠져서 비명을 지르며 아래로 추락하는 장면을 그대로 지켜봐야 했다. 그때의 충격으로 괴로워하던 인 반장은 결국 병가를 냈다. 소방공무원의 PTSD 유병률은 17~23%로, 일반 인구에서의 PTSD 유병률 0.4~4.6%인 것에 비해서 매우 높은 수준이다.[37)]

이런 상황을 자주 대면하는 소방관들은 PTSD에 걸릴 수밖에 없는 숙명이다. 중요한 것은 PTSD의 늪에서 어떻게 빠져 나오느냐이다.

EBS「발견의 기쁨 동네 책방」이란 프로그램에 등장한 소설가 김

---

37) 소방공무원의 외상 후 스트레스 경험(간호학의 지평, 제9권 제2호) 참고.

훈의 말에서 큰 힌트를 얻었다.

"큰 파도가 들이닥쳤을 때, 항해사는 어떤 선택을 해야 할까요? 파도가 온다면 정면으로 대가리를 박는 것이 가장 안전해요. 피한다고 키를 돌려 배의 옆구리를 맞으면 바로 뒤집혀집니다."

정면 돌파도 빠른 답이 될 수 있다. 전문용어로 '체계적 둔감화'라는 표현을 쓰기도 한다. 물론 개인의 성향에 따라 빠져나오는 정도가 다르겠지만 중요한 것은 돌아가면 안 된다. 정면 돌파를 한다면 소방조직은 뒤에서 도와줄 것이다.[38] 어쩌겠는가? 소방관에게 PTSD는 피할 수 없는 숙명인 걸.

38) 각 소방서에 심신안전실이 있거나 추진 중에 있고, 소방공무원 정신건강 증진 프로그램이 있다. 나아가 2023년도에 충청북도 음성군에 소방복합치유센터가 개원할 예정이다.

반려견의 눈

화재 출동벨이 울렸다. 특정 지점으로 119 신고 전화가 응집되었다. 센터에서 화재 발생 장소까지는 약 10분 거리. 팀장님께서는 차 속에서부터 면체를 착용하셨다. 1초라도 아껴야 한다. 나도 그대로 따라했다. 시골 주택의 화목보일러 화재였다. 화목보일러는 말 그대로 가스나 전기보일러가 아닌 목재를 연료로 쓰는 보일러이다. 화목보일러에 쓰이는 목재는 큰 에너지를 갖는다. 10평정도 되는 창고에 약 2m 높이의 장작더미에 불이 붙은 것이다. 연기가 앞을 가렸다.

인명사고는 없는 것으로 판단하고 불 속으로 진입했다. 들어가면서 방해되는 것들을 손으로 다 끄집어내고, 타다 만 목재를 걷어내며 겁 없이 행동했다. 하룻강아지 범 무서운 줄 모른다. 초보의 장점은 두려움이 없다는 것이다. 화목보일러의 화재가 거주하는 집 쪽으로 번지지 않게 노력했다.

난리통에 강아지 한 마리가 눈에 들어왔다. 크지 않은 조그마한 강아지였다. 개집의 반이 불에 탔고 개도 위태로워 보여, 팀장님께 개를 풀어줘도 되겠냐고 여쭤봤다. 그냥 두고 화재진압 먼저 하라고 하셨다. 돌이켜 생각하면 그냥 풀어 주었어야 한다. 그때는 멘탈붕괴 상태여서 화재진압에만 집중했다.

한 시간 정도 정신없이 진압활동을 했다. 그런데 우연하게도 개집이 눈에 들어왔다. 이미 전소되어 골격만 남아있었다. 그 개는 어떻게 되었을까, 정신이 번쩍 들었다. 둘러보니 개는 안전한 곳에 묶여 있었다. 정말 다행이다.

육체적으로 무척이나 피곤하고 갈증 났지만, 물 한 모금 먹지 못했다. 3시간 정도 불을 끄다 보니, 팀장님께서 잡고 있던 관창이 가끔 나에게도 주어졌다. 펌프차의 물도 나도 완전히 고갈되었다.

우리 힘으로는 부족해서 결국 굴착기를 동원했다. 역시 굴착기의 힘은 대단하다. 열 명의 일을 굴착기 한 대가 처리한다. 끝이 보인다. 관할센터에 마무리를 부탁했다. 콧노래를 흥얼거리며 유쾌한 마음으로 센터로 돌아왔다. 그 강아지가 살아난 것이 나에게 큰 기쁨을 주었기 때문이다.

센터로 돌아와 몸을 씻고 5분이나 지났을까. 갑자기 팀장님께서 또 출동이라는 것이다. 다시 소방차에 허겁지겁 올랐다. 지령서를 보니 '개집 화재'라고 쓰여 있었다. 별일 아니라고 생각했다.

현장에 도착하니 시커먼 연기가 솟구치고 있었다. 개집 4개가 다닥다닥 붙어 있었다. 물을 뿌리고 손으로 화목을 걷어내고 불을 다 끄니 조금 정신이 들었다.

신고한 아저씨가 자초지종을 이야기했다. 개집 드럼통에 쓰레기를 소각하고 볼 일이 있어서 자리를 잠시 비운 사이에 불이 개집으로 옮겨 붙었다고 한다. 목줄에 묶여 있던 개는 스스로 줄을 끊고 탈출했다고 한다. 위기 상황에서 생명은 괴력을 발휘하기도 한다.

개를 찾아보았다. 개는 구석에서 웅크리고 있었다. 꽤 큰 개였는데, 배 부분에 그을린 자국이 있었다. 현장을 정리하면서 개를 한 번 쓰다듬어 주고 싶어서 다가갔더니 무서운 눈으로 으르렁거렸다. 주인에 대한 서운함이 모든 사람에 대한 불신으로 바뀌었나 보다.

아파트 화재가 발생했다. 7층에서 불이 났다고 한다. 현장에 거의 도착해서 무전기로 보고를 했다.

"검은 연기 다량 발생! 후착대 필요! 요구조자 확인 후 보고하겠음!"

현장으로 들어갔다. 일단 인명검색부터 했다. 몇 차례 확인했는데도 요구조자는 발견되지 않았다. 다행이다. 옥내소화전으로 화재를 진압했다. 가스레인지로부터 발생한 화재였다. 화재가 어느 정도 진압되었을 때 현장을 재수색했다. 그런데 침대 밑에서 무언가 꿈틀거리는 것이 아닌가? 검은 재를 뒤집어쓴 푸들 한 마리가 애처로운 눈빛으로 나를 바라보고 있었다. 3kg도 안 돼 보이는 작은 개였다. 밖으로 안고 나왔다. 집주인 할머니께서 오셨다. 마트를 다녀왔다고 한다. 자식 같은 개를 끌어안고 울었다. 할머니의 유일한 친구를 내가 구한 것 같아 그날 하루는 온종일 흐뭇했다.

긴급 상황에서 나를 힘들게 하는 것은 '눈'이다.

살려 달라는 강아지의 절박한 눈, 다친 사람의 고통스러운 눈, 힘들어 보이는 동료의 초점 없는 눈…. 모든 감정은 눈으로 집결되는 것 같다. 구조의 우선순위는 당연히 사람이 우선이고, 그 다음이 개나 고양이 같은 반려동물이지만, 동물은 말을 못하기 때문에 그 간절한 눈빛을 보면 도와주지 않을 수가 없다.

구하겠습니다!

심 반장과 소방검사를 마치고 돌아오는 길이었다. 좁은 도로를 운전하고 있었다. 도로 중앙을 분리해 놓은 길쭉한 잔디밭 위에 강아지 한 마리가 위태롭게 서 있었다. 강아지의 눈에는 달리는 차들이 거대한 코끼리 떼로 보이지 않았을까? 혹시 누가 목줄을 놓쳤는지 주위를 둘러보니 아무도 보이지 않았다. 근처 편의점 아저씨는 행여나 사고가 나지 않을까 하는 눈으로 안타깝게 바라보고 있었다.

함께 소방차를 탄 심 반장님과 눈이 마주쳤다. 그는 단호하게 말했다.

"구하겠습니다!"

그 강아지는 곧 소방차로 옮겨졌다.

소방 현장 업무는 대부분 수동적인 것이 현실이다. 누군가가 신고를 해 주어야 출동할 수가 있다. 하지만 이번 건은 능동적인 출동일지도 모르겠다. 농림축산검역본부에 따르면 2018년도 한 해 동안 발생한 유기동물은 약 12만 마리이다. 그중 고양이가 2만 마리, 개가 10만 마리를 차지하고 있다. 그 중 반은 주인에게 반환(13%)되거나 입양(27.6%)이 되고, 나머지 반은 자연사(23.9%)나 안락사(20.2%)로 생을 마감한다.[39]

강아지를 센터로 데리고 와서 목욕을 시켰다. 냄새가 너무 지독했기 때문이다. 배가 고파 보여 먹을 것을 주었다. 밥도 잘 먹었지만, 편의점에서 사다준 간식은 순식간에 해치웠다.

강아지는 배까지 뒤집어 보였다. 복종의 의미였다. 우리는 저녁식사 시간이라 밥을 먹으러 2층 식당으로 이동했다. 그런데 아래층에서 강아지 짖는 소리가 계속 들리는 것이었다. 밥을 빨리 먹고 내려가 보니 강아지는 짖지 않고 조용했다. 혼자 있는 게 외로웠나 보다. 결국 돌아가면서 강아지 옆에서 보초를 서야 했다.

절차대로 유기동물보호센터[40]에 연락을 했다. 그랬더니 밤늦게나 데리러 올 수 있다는 것이다. 마냥 기다릴 수 없어서 원 반장님과 함께 예정되어 있던 소방시설 작동기능점검 확인하러 소형펌프차를 몰고 나갔다. 휴대폰이 울렸다. 유기동물 보호센터에서 데리러 왔다는 전화가 왔다. 유기동물 한두 번 보내는 것도 아니지

---

39) 2018년 반려동물 보호와 복지관리 실태조사(농림축산검역본부)

40) 전국 298개 동물보호센터는 운영 형태별로 민간에 위탁하는 형태가 255개소로 가장 많았고, 지자체가 직영(31개소)하거나 시설을 위탁하는 형태(12개소)는 소수다.

만 인사나 하자고 센터로 차를 돌렸다.

유기동물 보호센터 직원에게 궁금한 것들을 물어봤다. 지역에 유기동물 수용 가능 개체 수는 250마리인데, 현재 700마리 정도를 수용하고 있어서 과포화 상태라고 한다. 관할 시와 보호단체로부터 지원을 받지만, 개체수가 너무 많아 운영이 쉽지 않은 상황라고 한다. 그래도 될 수 있는 한 안락사를 시키지 않는다고 한다.

이런 악순환이 계속되고 있는 시점에서 다시 수면 위로 드러난 것이 '동물등록제도'이다. 2014년부터 동물등록제가 시행되고 있다. 그런데 홍보가 너무 안 돼서 반려견을 키우는 나조차 그 제도가 있는지조차 잘 몰랐다. 2019년에는 2개월간 동물등록 자진신고 기간을 운영했다. 그때 우리 집 반려견도 등록했다. 혹 분실된다면 찾기 쉽게 등물등록을 하는 것이다. 물론 주인이 의도적으로 버리는 비율이 더 높겠지만….

모든 반려동물이 등록을 한다면 잃어버린 반려견도 다 주인을 찾을 수 있고, 고의로 버리는 비율도 줄어들기는 하겠지만, 외장형 등록 목걸이를 떼어내고 유기한다면 주인을 찾을 방법이 없다.

사회구조가 변화되어 반려동물과 함께 사는 경우가 점점 많아졌다. 며칠 전이었다. 아기가 심정지 상태라는 접수를 받고 출동 중에 신고자에게 전화했다.

"우리 아기가 호흡이 없어요. 도와주세요."

다급하게 구급차 엑셀을 밟았다. 비상등을 켜고 있는 차가 있어서 그 앞에 구급차를 주차했다. 아주머니가 품에 아기를 안고 구급차로 뛰어왔다. 가까이서 보니 품에 안은 것은 아기가 아니라 작은 강아지였다. 그 아주머니는 분명 그를 아기로 여겼을 것이나 표정 관리하기가 쉽지 않았다.

이처럼 반려동물은 외로운 현대인들의 일부가 된 지 오래고, 반려동물의 수는 매년 증가하고 있다. 하지만 잠깐 소유하는 장난감처럼 생각하는 사람도 많다. (애완동물에서 반려동물이라고 호칭이 바뀐 지는 그리 오래되지 않았다.) 그래서인지 유기하는 반려동물이 점점 많아지고 있다. 이런 문제가 많아지면 우리도 독일처럼 운전면허증을 취득하듯 반려동물 교육이수[41]를 해야 되는 게 아닌가 싶다.

해가 기울어가고 있었다. 큰 강아지 가방을 들고 어떤 아저씨가 센터 문을 열고 들어왔다. 가방에는 네 마리의 귀여운 강아지가 들어 있었다.

"누가 강아지를 하천변에 버린 것 같아서 데리고 왔어요!"

---

41) 독일 니더작센주는 2차에 걸친 시험을 통해 반려견주를 심사한다. 1차는 필기시험이고, 입양 후 1년 이내에 치러야 하는 2차 시험은 실기에 속하는데, 공공장소에서 발생할 수 있는 다양한 상황에서 견주의 대처 능력을 시험한다.

민간구조대의 고양이 구하기

나이가 지긋한 할아버지 한 분이 센터로 찾아오셨다. 하수구에서 고양이 울음소리가 들린다는 것이다. 언제부터인가 119[42]라는 전화번호로 소방관을 호출했지만, 문을 열고 찾아오시면 어떠랴? 우리가 119종합상황실에 보고하고 가면 되는 것이다. 소방차 시동을 걸고 언급한 장소로 출동했다.

마침 우리 집 근처였다. 하수구 철망을 열어 보았지만 아무 소리가 들리지 않았다. 근처 하수구 철망 아래에서 참치 캔이 발견되었다. 주민 중 누군가는 거기에 고양이가 있다는 것을 알고 있었다.

하수구의 입구는 좁고 'ㄴ'자의 구조이다. 하수구 아래의 수평 통로에 고양이가 있을 듯했다. 입구가 좁아 직접 확인은 어려워 휴대폰 카메라를 이용해서 하수구를 들여다보았다. 아주 조그마한 새끼고양이가 있었다. 나는 근처 편의점에서 고양이가 좋아할 만

---

42) 1935년 10월 1일에 처음 119번호가 사용되었고, 최근에는 119번의 의미로 '일일이 구한다'라는 표현을 사용하기도 한다.

한 간식을 사서 입구에 놓고, 숨을 죽이고 고양이가 나오기만을 기다렸다. 그러나 한참이 지나도 아무런 움직임이 없었다. 다른 계획이 필요했다.

"물을 쏘면 어떨까요?"

원 반장님의 의견에 모두 동의하여 소방호스로 너무 세지 않게 방수했다. 이솝이야기에 나오는 '나그네 옷을 벗기는 바람'을 이용한 것이다.

순간 고양이가 튀어나왔는데, 우리를 보고 다시 하수구로 들어갔다. 이 방법은 아니라는 생각이 들었다. 하수도의 도면을 시로부터 얻자는 의견도 나왔고, 가장 마른 반장님이 들어가자는 말도 안 되는 의견도 나왔다. 하지만 시간이 너무 지체되어 먹이를 많이 놓아주고 결국 작전상 후퇴하기로 했다.

퇴근 후 집으로 걸어가면서 계속 고양이가 생각났다. 저녁밥을 먹으면서 아내와 딸에게 오늘 고양이 구조 이야기를 했다. 그러자 3살 딸이 "출동!"을 외쳤다. 딸의 명을 받들어 우리 가족은 그 하수구로 출발했다. 고양이가 도와달라고 아직도 울고 있었는지, 집으로 가는 어느 여학생의 시선을 잡아당기고 있었다.

"우리가 왔다. 우리는 민간구조대다!"

일의 보상은 돈이다. 하지만 누군가 극한상황을 마주할 때, 무언가를 지키고 싶은 마음, 누군가를 사랑하는 마음이 깊다면, 돈을 받지 않아도 몸과 마음이 움직인다.

임진왜란 때는 의병 곽재우가 왜군의 침입에 맞서 싸웠고, 한국전쟁 때 북한군에 맞서 싸운 것이 민병대다. 그에 비견하기는 너무도 소소하지만 우리는 새끼 고양이를 구조하기 위해 민간구조대를 결성했다.

아내와 구조 방법에 대해서 논의했다. 낮에 사용한 방법이 '바람작전'이라면 이번엔 '햇볕작전'을 이용해 보기로 했다.

작전은 간단했다. 하수구 철망을 열고 큰 벽돌을 하수구 안에 들여놓았다. 큰 벽돌은 고양이가 뛰어 올라올 수 있게 해주는 디딤돌 역할이다. 거기에 맛있는 소시지를 올려놓고 철망을 반쯤 열어놓았다. 지상에도 소시지를 몇 개 놓았다. 그것이 우리 작전의 전부였다.

다음날 센터에서 근무하고 있는데 아내에게서 전화가 왔다. 현장에 가 보니 고양이 소리가 안 들린다는 것이다. 다른 출동을 마치고 돌아오는 길에 현장에 가보니 고양이의 소리가 들리지 않았다. 하수도 속으로 휴대폰을 집어넣고 촬영하여 확실히 확인했다. 고양이는 탈출에 성공했다. 벽돌을 치우고 철망을 덮었다. 민간구조대의 '햇볕작전'이 결국 승리한 것이다.

아마 그 고양이는 야생고양이가 될 것이다. 자유를 느끼기도 전에 먹이를 위해 밤낮으로 뛰어다녀야 하고 자신보다 강한 포식자를 경계하기 위해 수시로 신경을 곤두세워야 할지도 모른다. 그래도 캄캄한 '하수도 감옥'보다는 나을 테니 더 강해지길 바란다.

소방학교에서 "너희들은 뼛속까지 소방관이어야 된다."는 교관님의 말씀이 이제는 이해가 되었다. "뼛속까지 소방관"이란 말은 언제 어디서나 누군가를 도와주어야 한다는 뜻도 내포되어 있을 것이다.

진짜 소방관이 되기 위한 네 번째 가르침은 '소방관이라면 언제 어디서나 누군가를 도와야 한다.'는 것이다.

귀촌한 어느 가족의 삶

벌집제거 신고로 어느 농촌의 전원주택으로 출동했다. 벌집의 위치와 크기를 알아야 할 필요가 있어 신고자와 통화했다. 통화 중 여성 신고자의 언어에서 교양이 묻어나왔다.

시골의 어느 전원주택 단지에 도착하였다. 그곳에 중간 정도 크기의 말벌집이 있었다. 간단하게 벌집을 제거했다. 물 한 잔을 주시기에 잠시 신고자와 이런저런 이야기를 나누었다. 소방관만이 느낄 수 있는 매력 중의 하나는 출동 중에 여러 사람을 만난다는 것이다.

전원주택 생활이 어떠냐고 묻자 자신의 이야기를 들려주셨다. 원래 그 아주머니는 도시에 살았다고 한다. 도시에서 자녀들을 하루에 학원을 다섯 곳이나 보냈는데, 자녀들이 학업 스트레스에 지치는 모습을 보고 과감히 농촌으로 이사했다고 한다. 전원주택 자체도 마음에 들지만, 이웃들과 마음이 잘 통해 너무 좋다고 한다.

자녀와 본인이 '지금' 행복한 삶을 추구하는 것 같았다. 오후 2시에 아이들이 초등학교 수업이 끝나면 아이들은 옆집 가서 오후 내내 놀고 동네 친구와 미꾸라지 잡고 곤충 잡으며 논다고 했다.

사실 나도 시골에서 미꾸라지 잡기, 딱지치기, 구슬치기를 하면서 자랐다. 문제는 중학교에 들어가서야 알파벳을 배웠다는 것이다.

마침 학교를 마치고 아이들이 돌아왔다. 아이들의 눈에는 행복이 가득했다. 아파트에 사는 초등학교 아이들과는 사뭇 달라 보였다. 한편으로는 그렇게 해서 경쟁력이 있을지도 의문이었다. 주입식이지만 친구들과 경쟁하고, 긍정적 스트레스를 받으면 소위 요즘 잘나가는 의대나 교대에 진학할 수도 있을 텐데 말이다.

며칠 전 친구가 아들, 딸을 데리고 집으로 놀러 왔다. 친구의 큰딸은 초등학교 2학년이다. 일요일에는 유튜브를 보면서 휴식을 취하지만, 평일에는 저녁 9시까지 각종 학원을 돌린다고 한다.

"이상아! 요즘에는 초등학교 2학년부터 공부 시작해야 된다!"

정말 그럴까?

가만히 생각해봤다. 아이에게 공부를 시키거나 아니면 놀게 놔두는 것은 '미래의 행복'과 '현재의 행복'을 추구하는 차이라고 생각했다. 어느 순간 그런 비교가 맞지 않는다는 생각이 들었다. 중요한 것은 '타의로 하는 공부'에서 언제 '스스로 하는 공부'로 전환되는가이다.

전원주택의 아이들이 놀다가 우연한 기회에 공부의 중요성을 깨닫거나, 내가 하고 싶은 무엇을 하기 위해 대학을 꼭 가야 한다는 마음을 스스로 얻는다면 그때가 아이의 터닝포인트가 될 것이다. 그 터닝포인트는 자연을 친구삼아 뛰어노는 전원주택일 수도 있고, 삭막한 도시일 수 있다. 누군가의 강요가 아닌 스스로 공부를 하는 그런 단계에 가면 얼마나 좋을까?

아름다운 전원주택에서 벌집을 따면서 공부에 대한 통찰을 얻었다.

퇴근 후 집에 와서 아내와 저녁식사를 했다. 나중에 딸이 공부의 필요성을 스스로 깨닫게 될 때, 그때부터가 진짜 공부의 시작이다라고 열변을 토했다. 가만히 듣고 있던 아내가 말했다.

"당신, 말은 참 청산유수여…."

소방관의 생존은 셀프

새벽 3시 반. 현관문을 열고 집 안으로 들어선다. 공기청정기가 적색으로 바뀌며 팬이 돌아간다. 눈에 보이지 않지만, 공기청정기는 안다. 내 몸이 온통 재투성이라는 것을. 오후 5시에 비상 출동 나갔다가 이제야 집에 돌아왔다. 샤워하면서 오늘 화재에 대해서 다시 한 번 생각해봤다.

오후 4시 55분에 비상소집 전화가 왔다. 라마다앙코르 호텔에서 화재가 발생했으니 현장으로 집합하라는 것이다. 라마다앙코르 호텔은 우리 집과는 불과 3km 거리밖에 안 된다. 베란다로 나가서 창밖을 보니 검은 연기가 하늘로 솟구치고 있었다. 천안에서 가장 큰 호텔이고, 우리 센터가 관리하는 중요한 관심 건물이다. 작년에도 소방훈련과 헬리포트(Heliport)[43] 관리로 몇 번 방문했던

---

43) 헬기가 내릴 수 있는 이착륙장. 고층건물에 화재가 발생할 경우 옥상이 유일한 피난처이다. 헬리콥터가 사실상 유일한 인명구조 수단이다.

곳이다. 개인보호장비를 챙겨 현장에 도착했다. 대응3단계 발령으로 근처 시·도에서도 지원 나왔다. 평택구조대, 광역기동단, 충청·강원 특수구조대원들도 보였다. 그리고 기자들도, 시민들도 많았다. 인근 소방서장님들도 한 구역씩 담당하여 지휘하시고, 소방청장님도 오셨다. 몇몇 요구조자를 구했다는 말이 들려왔다.

나는 한 팀의 일원으로 5층, 6층 인명검색 임무를 부여받았다. 호텔 내부는 암연으로 가득 찼다. 각 호실 전체를 수색했지만, 요구조자는 발견할 수 없었다. 호텔 화재에서 가장 중요한 것은 인명구조, 즉 사람을 구조하는 것이다. 166명이 사망한 최악의 호텔 화재인 '대연각 호텔 화재(1971)' 같은 일이 되풀이되지 않기를 바랄 뿐이다.

다시 1층으로 내려와서 대기했다. 선착대 정 반장과 감 반장님이 걱정되었다. 소형펌프차를 타고 처음으로 화재현장에 도착한 동료들이다. 그들은 검은색으로 바뀌어 버린 방화복과 재를 뒤집어 쓴 얼굴로 나타났다. 화세가 얼마나 거셌는지 짐작할 수 있었다. 그러면 어떤가? 살았으면 됐다. 자리를 옮겨서 화재가 발생한 지점인 지하 2층으로 아직 꺼지지 않은 불을 끄러 이동했다. 세 명이 한 조였다.

이런 큰불을 만나게 되면 내 머릿속에는 두 장면이 교차한다. 힘들고 위험할 때는 앞에 나서지 말고 꼭 뒤에서 활동하라는 어머니의 얼굴과, 위험하지만 우리 할 일이라면서 자리를 박차고 일어나는 동료들의 모습이다.

셋이서 지하로 진입했다. 그런데 지하 2층인 탓인지 무전기가 터지지 않았다. 나는 다시 지상으로 나가 물을 틀어달라고 말했다. 수자원공사에서 공급하는 물은 지상식 소화전을 거쳐서 물탱크차로 옮겨진다. 7,000L 물탱크차는 소형펌프차로 물을 전해준다. 소형펌프차 안의 기다렸던 물은 기관원에 의해서 소방호스로 배출되었다. 수액이 잘 들어가야 아픈 사람이 낫는다.

다시 현장으로 들어갔다. 소방호스를 밟으면서 갔는데, 소방호스의 개수가 너무 많아서 실수로 다른 소방호스를 밟고 갔다. 결국 소방호스도 잃고 길도 잃었다. 나는 계속 같은 자리를 빙빙 돌고 있었다. 머리가 아찔했다. 헬멧부착형 랜턴만 있었기에 암연으로 꽉 찬 지하 1층에서 나는 눈을 잃어버린 것이나 마찬가지였다. 공기 잔량을 확인했다. 그래도 15분은 버틸 수 있었다. 빨리 소방호스를 찾아야 산다는 생각과 함께 공포로 몸이 얼어붙었다. 마음을 진정시키려고 내가 만든 노래를 떠올렸다.

"힘든 곳, 뜨거운 곳, 아픈 곳, 위험한 곳, 빌딩 위 호수 밑, 폭풍 속으로 언제 어디든 우리는 간다."

이런 힘들고 위험한 일을 수행하는 것이 소방관이 해야 하는 임무이다. 빌딩 위가 아니라 빌딩 아래도 내가 가야 할 곳이다. 마음이 조금 차분해졌다.

더듬고 더듬어 소방호스를 발견했다. 소방호스를 따라가니 불을 끄는 두 명의 동료가 있었다. 강 팀장님이 소리쳤다.

“왜 이렇게 늦게 왔어?”

“죄송합니다.”

그 후로도 잔불 제거와 인명검색을 반복했다. 린넨실(Linen room)[44]에 가득 찬 침대 시트와 수건은 불의 먹잇감이 되기에 넘쳐 보였다. 꺼도 꺼도 불은 꺼지지 않았다. 그곳이 초기 발화지점인 듯 보였다. 숨을 돌리면서 잠깐 틈내어 라면으로 허기를 달래면서 계속 화마와 싸웠다. (라면으로 주식을 해결한 것이 아니니 너무 불쌍하다고 생각하지 마시길. 나중에 정식으로 해장국을 먹었다.)

불은 거의 다 꺼지고 여러 차례 반복되던 인명검색도 끝이 났다. 사망자가 없었다면 좋았겠지만, 불행히도 한 명의 사망자가 발생했다. 입사한 지 얼마 안 된 직원이 지하 2층에서 불 난 것을 확인하고 119에 화재 신고 후 혼자서 소화기로 불을 끄려다가 그만 변을 당한 것이다. 아마 소방훈련 중에 마주쳤던 분인지도 모르겠다.

지하에서 불이 시작되었다면, 린넨실이 원인일 가능성이 높을 것 같았다. 불에 쉽게 탈 것이 너무나 많다. 나중에 조사를 통해서 밝혀질 것이다.

---

44) 침대를 덮는 시트를 린넨이라고 하고, 그것을 보관한 방을 린넨실이라고 한다.

어느덧 샤워가 끝났다. 소파에 걸터앉아 아직도 돌아가는 공기청정기를 바라보면서 생각했다. 이번 화재는 많은 생각거리를 남겼다. 초기진압의 문제, 스프링클러의 작동 문제, 다수 사상자 발생 시 대응문제 등 많은 과제를 남겼다. 나는 나의 과제를 우선 해결해야 했다. 인터넷 쇼핑을 이용해서 나침반 10개를 주문했다.

며칠 뒤 도착한 나침반을 동료들에게 하나씩 돌렸다. 그리고 공기호흡기 등지게의 압력표시기 뒤에 접착제를 발라 붙였다. 수관을 놓치면 출구 방향이라도 알자는 꼼수였다. 출동한 230명의 소방관이 각자 느낀 바가 있겠지만, 내가 느낀 것은 단순하고 직관적이다. 소방관이 자신의 안전을 못 챙긴다면, 누구에게 안전을 챙기라고 말할 수 있겠는가?

나침반으로 어떤 이는 항해를 하고, 어떤 이는 산속이나 극지방을 탐험하지만, 나 같은 소방관에게는 나를 보호할 수 있는 장비가 모두 고장이 났을 때 나침반은 나를 살려주는 최후의 보루가 될 것이다.

이번 화재는 나에게 다섯 번째 가르침, '물만 셀프가 아니라 생존도 셀프'라는 것을 알려주었다.

제발 고집부리지 마세요

구급 신고가 접수되었다. 근처 KTX 역에서 낙상환자가 발생했다는 것이다. 현장에 도착해서 주들것을 밀면서 기차 타는 곳으로 향했다. 엘리베이터 앞에서 부역장을 만나서 함께 올라갔다. 멀리서 두 명의 여성이 의자에 앉아 있었다. 90대로 보이는 어머니와 70대로 보이는 딸이다.

이야기를 들어보니, 어머니께서 기차에서 내렸고, 청소하려고 늘어놓은 호스에 걸려서 넘어진 것이었다. 바닥에 머리를 부딪쳐서 상처를 입었다.

90대 노인이라면 급성 경막하 출혈(Acute subdural hemorrhage)이 진행될지도 모르는 일이다. 뇌막은 바깥쪽부터 경막, 지주막, 연막 순으로 뇌를 보호한다. 머리에 충격이 가해지면 경막 아래에 분포한 정맥이 파열될 수 있다. 정맥이기 때문에 서서히 진행되는 특징이 있으며, 이를 경막하 출혈이라고 한다.

나이가 많은 환자이기에 보호자 동의하에 근처 대학병원으로 이송하기로 했다. 현장에서 구급차까지 이동하면서 딸은 역 관계자에게 어머니가 다친 것을 어떻게 보상할 거냐며 다그쳤다. 아산까지 가야 하는데 택시비 청구가 가능한지도 물어봤다. 부역장은 조심스럽게 보험회사에서 잘 처리해 줄 것이라 말했다.

이송 중에 이야기를 들어보니, 딸은 그녀의 자매들과 아산의 동생집에 모여서 근처 산으로 어머니를 모시고 놀러 가기로 했다는 것이다. 환자 이송 중 보호자는 그의 자매와 통화하고 아산시에 있는 성형외과로 가야 하겠다면서 목적지 변경을 요청했다. 3분만 더 가면 대학병원에 도착할 수 있었다. 우 반장은 환자가 나이도 많으시고 상처도 꿰매야 하고, 머리 쪽을 바닥에 부딪쳐서 뇌 검사도 해야 하니 지금 가고 있는 대학병원 응급실이 낫겠다고 말했지만 딸은 재차 말했다.

"환자가 가고 싶은 데로 가야 하는 거 아니에요?"

딸은 계속 아산의 성형외과로 가야겠다고 했다. 택시비를 아끼려는 마음도 있었을 것이다. 내가 경험한 수백 건의 구급 이송 중에 아산으로 이송한 경우는 코로나19 관련 이송 한 건밖에 없었다. 우 반장은 아산까지 가는 30분~40분 동안 환자에게 발생할 수 있는 문제에 대해서 책임지지 않겠다는 서명을 받았다. 병원 도착 시간이 늦어질수록 환자 건강 상태는 더 나빠진다.

보호자는 미안했는지 소방이 국가직으로 전환되어 참 잘 되었다

한다. 난 서비스 이용자의 생각도 전환되어야 한다고 생각했다. 우리 센터가 담당하는 인구수는 2019년 기준 7만 명이 넘는다. 구급차 한 대로 그 인원을 담당한다. 누군가 법을 악용해서 욕심을 부린다면, 진짜 위급한 환자가 구급 서비스를 받지 못할 수 있다.

아산의 성형외과에 도착하니, 다른 딸이 기다리고 있었다. 성형외과는 3층에 위치해 있었고 그 건물에는 엘리베이터가 없었다. 어머니는 거의 기어서 올라갔다. 간호사에게 환자 상태를 설명하고 인계를 했다. 우리는 다시 관할 센터로 향했다. 돌아오는 길에 우 반장과 나는 며칠 전의 사건을 떠올리며 같은 일이 되풀이되지를 않기를 바랐다.

며칠 전 할머니가 길에서 쓰러져서 못 일어난다는 신고를 받고 출동을 했다. 여쭈어보니, 갑자기 다리에 힘이 풀렸다고 한다. 할머니께 병원에 가셔야 한다고 말씀드렸는데, 기어코 안 간다는 것이다. 경제 사정 때문에 그럴 수도 있다는 생각이 들었지만, 뇌졸중의 시초일 수도 있기에 계속 말씀드렸다. 결국에는 완강히 거부하셨다. 본인이 원하지 않으면 병원에 갈 수가 없다. 하지만 다음 날 그 할머니의 따님에게 전화가 왔다. 할머니가 못 움직이신다고 빨리 와 달라고….

점심으로 국수를 맛있게 먹고 있을 때 구급출동벨이 또 울렸다.

택시기사가 손님을 태웠는데, 그 손님이 피를 많이 흘린다고 신고를 한 것이다. 사이렌 소리를 높이고 출동했다.

얼마나 피를 많이 흘렸으면 택시기사가 신고를 했는지 의문이었고, 환자는 왜 신고를 안 했는지도 궁금했다. 그 아파트에 구급차를 주차하고 내렸다. 피는 일정 방향으로 떨어져 있어 우리가 가야 할 방향을 알려주고 있었다. 엘리베이터 안에도 피가 여기저기 떨어져 있었다. 7층에서 내리니 바닥의 핏방울이 우리가 어디로 가야 할지를 알려주고 있었다.

"환자분 괜찮으세요? 소방관입니다!"

문이 열렸다. 익숙한 얼굴이었다. 환자의 아버지인데, 한 달 전쯤 아들에게 맞아서 신고한 할아버지였다. 이번에는 그 할아버지의 아들이 피를 철철 흘린 채 거실에 엎드려있었다. 빨리 병원에 가자고 이야기했다. 하지만 환자는 완강했다.

"가세요! 저 괜찮으니까 이렇게 조금 누워 있으면 돼요. 나 만지면 119 당신들이 살인자예요!"

악을 쓰듯 환자는 소리쳤다. 수건은 피로 물들어 있었으나, 완강히 거부하는 바람에 환부조차 볼 수가 없었다.

몸에 혈액은 체중의 5%~7%이다. 그중 절반이 소실되면 사람의 생명은 끝난다. 70kg의 남자는 4L 정도의 피가 몸에서 돌고 있으며, 그중 2L를 소실하면 죽는 것이다. 그 정도까지는 아니더라도 이 환자는 꽤 많은 피를 흘렸기에 위험했다. 계속 환부를 보자고 하니 차마 글로 옮길 수도 없는 육두문자로 욕을 했다.

구급지도 의사의 지도를 받았다. 지도 의사는 환부 확인을 하고 병원으로 이송하는 것이 좋겠다고 했다. 완강한 환자 앞에 억지로 환부를 볼 수 없어 경찰에게 협조를 부탁했다. 그 와중에 우리에게 몇 살이냐, 왜 이렇게 귀찮게 하냐면서 제발 가라고 말했다. 대답은 안 했지만 이렇게 말하고 싶었다.

'내일 모레면 저도 불혹입니다.'

그 할아버지도 아들에게 병원에 가라고 하소연했지만 완강했다. 계속된 실랑이 끝에 마침내 경찰이 도착했다. 경찰이 수갑을 채운다고 말을 하니 바로 순응하고 얼굴을 보여주었다. 사람을 움직이게 하는 것은 '공포'와 '욕망'이라던데, 그는 전자에 의해서 움직였다.

피 묻은 수건을 걷어내고 이마를 보았다. 이마 위쪽의 환부를 보니 4cm 정도 열상이 있었다. 지혈하고 상처 소독 후, 붕대로 상처를 차분히 감았다. 환자는 의외의 말을 했다.

"이제 좀 살 거 같네. 이제 좀 살 거 같아!"

경찰과 우리는 마주 보며 소리 없이 웃었다.

그 환자를 병원으로 무사히 이송했다. 환자가 병원을 거부한 이유는 비용 문제일 수도 있고, 스스로 해결할 수 있다는 믿음이 있었는지도 모르겠다. 어쨌든 무사히 이송해서 다행이다.

소방관이 되기 전 LED 회사에 다닐 때였다. 수많은 공정 중에 내가 잘 숙지하지 못한 어떤 공정기술이 있었다. 어떤 엔지니어와 이야기 중에 내가 생각하는 것이 옳다고 우긴 적이 있었다. 그때 한 선배께서 이 장면을 보시고 이런 말을 해줬다.

"이상아, 일할 때 소신과 고집을 구분해야 돼. 소신은 있어야 하는데, 고집은 빨리 접는 것이 좋아! 지금 네가 우기는 것은 고집이야!"

'소신'의 사전적 정의는 '생각하는 것이 확실하다고 믿고 있음'이고, '고집'은 '자기 의견이나 생각을 고치거나 바꾸지 않고 우기는 것'이다.

비슷해 보이지만, 소신은 근거나 원칙이 견고하지 않으면 바꿀 수 있는 유연함이 있다는 것이다. 소신은 유연하게 장애물을 뚫고 미래로 나아가지만 고집은 언젠가는 나에게 돌아온다. 과거에 내가 일할 때 우긴 고집들이 오늘의 보호자와 환자에 빙의되어 부메랑처럼 다시 나에게 돌아왔다.

4부

지극히 작은 자 하나에게

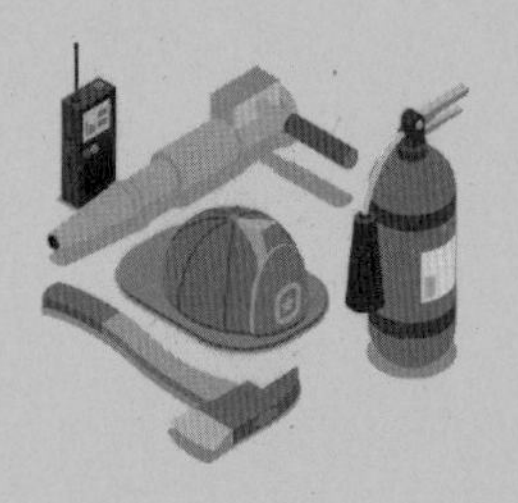

국도 43호선을 지날 때마다

서울에 있는 처가에 다녀오는 길이다. 서해안고속도로를 빠져나와 평택에 오면 국도 43호선을 이용한다. 국도 43호선은 세종부터 철원까지 이어지는 긴 국도이다. 총길이는 241.6km. 지도로 보니 전체가 아직 이어지지는 않았다.

2016년에 아산시 음봉면과 평택시 오성면까지 이어지는 자동차 전용도로가 국도 43호선의 한 부분으로 개통되어 조금 더 빠르게 서울에 다녀올 수 있게 되었다. 6차선 자동차 전용도로다. 아내와 딸은 단잠에 빠져 있다.

평택대교를 지나면 왼편에 험프리스 미국육군기지(USAG Humphreys)가 보인다. 그곳은 이탈리아 안에 있는 바티칸처럼 대한민국 안의 작은 미국 같다. 미국의 세계 최대 해외기지로 여의도의 5배 크기다. 최근에는 미국 제8군 사령부와 용산에 위치한 주한미국 사령부도 이곳으로 이전했다.

오른편에는 평택국제대교가 보인다. 2017년 8월 26일 공사 도중 무너졌고, 2년 후인 지금 공정률이 90%에 육박했다고 한다. 조금 더 운전하다가 오른편을 재차 바라봤다. 1.5m의 철망이 있는 그곳. 정면을 응시한 채 조용히 기도한다. 한숨과 함께 그날이 떠오른다.

소방행정과에서 근무할 때다. 현장대응단장님께서 갑자기 소방행정과 문을 박차고 들어왔다. 마침 서장님께서 소방행정과에 계셨다.

"큰일 났습니다, 서장님! 지금 우리 소방관 3명이 차 사고로 심정지 상태라고 합니다!"

모든 직원이 비상사태 모드로 들어갔다.

상황은 이러했다. 43번 국도에서 소방관 4명이 1.5m의 철망에 묶여 있는 대형견을 구조하려고 비상등을 켜고 갓길에 소형펌프차를 주차했다. 소형펌프차 앞에서 구조작업을 진행했다. 그때 25톤 트럭 한 대가 달려와 주차된 소형펌프차를 들이받았다. 트럭은 소형펌프차를 84미터나 밀고 간 후에야 멈춰 섰다. 소방차 앞에 있던 3명의 소방관은 그 자리에서 심정지 상태가 되었다. '라디오를 조작하느라 앞에 서 있는 소방차를 못 봤다.'고 트럭 운전자는 사고 후 진술했다.

나도 사고 수습을 위해서 현장으로 달려갔다. 소형펌프차의 후

방부는 처참하게 부서졌다. 도로 위에 그려진 84m의 스키드 마크는 소방차의 타이어 자국이었으며, 25톤 화물차의 타이어 자국은 없었다. 사후 수습을 위해 출동한 구급차에서는 몇몇 소방관들이 눈물을 보이고 있었다. 이날 구조활동을 펼친 동료 소방관은 나중에 PTSD로 괴로워했다.

원인이 무엇인가에 대해서 각자 입장에 따라 구체적이고 추상적인 의견이 오갔다. 대형견 구조가 문제니, 무섭게 다가온 차가 문제니, 갓길의 폭의 너무 적어서라느니, 나아가 소방인력이 서울보다 적어서라느니, 세월호 이후로 안전에 대해서 달라진 것이 거의 없다느니 등 많은 말들이 오갔다. 원인을 떠나 3일간의 장례를 치르면서 나를 계속 괴롭힌 것은 한 가지였다.

'더 잘해주지 못했던 것'

사고 발생 2주 전 소방서 물품 담당인 나는 새로 오신 반장님 두 분께 필요한 피복을 나눠 주었다. 그들은 새내기 특유의 풋풋함과 맑은 눈으로 인사했었는데…. 그리고 김 반장님에게는 소방교로 진급할 때 축하드린다고 이야기했었는데….

사고 발생 1주일 전, 나는 소방복을 나눠주기 위해 사고가 발생한 그 센터를 방문했다. 일이 바쁘다는 핑계로 눈인사도 나누지 못했던 것이 너무 아쉽고, 너무 미안하다. 바쁘면 얼마나 바빴다고….

고등학교 1학년 때 담임 선생님의 교육방식은 조금 독특했다. 고등학생에게는 '영어, 수학을 잘하자' 또는 '좋은 대학교 가면 여자친구 얼굴이 바뀐다' 정도의 '열심히 공부하자'는 말을 급훈으로 쓰는 것이 일반적인데, 담임 선생님의 급훈은 달랐다.

'만남을 소중히 하자.'

그때는 아무것도 몰라서 한 귀로 듣고 한 귀로 흘렸지만, 이 사건을 겪고 나니 만남이 중요하다는 것을 다시 느꼈다.

우리의 직업 특성 때문에 만남을 소중히 여겨야겠다고 생각한다. 그렇지 않으면 갑자기 동료에게 좋지 않은 일이 발생했을 때 무한한 후회가 오랫동안 나를 괴롭힐 수도 있으므로.

경기도나 서울을 오갈 때면 나는 또 다시 43호선 도로를 타고 올라갈 것이고, 무의식적으로 사고 지점을 찾을 것이다. 그리고 기도할 것이다. 내가 당신들 몫까지 감당하겠다고, 그러니까 좋은 곳에서 편하게 쉬셔도 된다고.

현장이 나에게 준 여섯 번째 가르침은 '만남을 소중히 하자'이다.

어쩌면 그것이 전부일지도 모르겠다.

죽음은 꿈에서 깨어나는 것

"할머니가 돌아가셨어."

전화기에서 들려오는 아내의 목소리가 젖어있었다.

아내의 할머니가 세상을 떠났다. 아내는 학창시절을 할머니 댁에서 보냈기에 할머니와 더 애틋했다.

집에서 할머니 댁까지의 거리는 차로 20분 걸린다. 그래서 결혼 후 자주 찾아뵙곤 했다. 못생긴 나를 잘 생겼다고 칭찬해 주시고 유머도 많은 분이었다. 뇌출혈 방지 약을 복용하고 계셨는데 며칠간 약을 안 드셨고, 결국 내가 속한 센터의 구급차를 이용해서 병원으로 이송한 것이 1년 전 일이었다. 결국 거동을 못 하시고 요양병원에 입원하셨고, 6개월 전부터는 집에서 할아버지가 할머니를 모셨다.

나는 상주로서 조문객들을 맞이했다. 조문객이 뜸해지는 시간에 식사하는 조문객들을 관찰한다. 조문객들은 처가 가족의 지인들일 것이다. 위로해주는 자리지 우울한 자리는 아니다. 산 사람은 살아야 한다. 밥을 먹으며 직장 이야기, 육아 이야기, 부동산 이야기를 하고 자리를 뜬다. 남아서 화투나 포커를 치는 사람들도 보였다. 할머니 자식들의 친구들일 것이다.

'애'가 많기는 하지만 희로애락 모두 이곳에 있었다. '희'도 있었다. 표면적인 '희'는 3살배기 우리 딸뿐이다. 넓은 공간에서 뛰어놀고 웃고 장난치는 딸 때문에 어느 정도 슬픔이 희석되었다.

그렇게 이틀이 지나고, 발인의 시간이다. 제사 의식을 행하고 할머니를 리무진으로 옮길 때 운구는 삼촌 친구들의 몫이었다. 평소 할머니께서는 커피를 좋아하셨다고 한다. 그래서 봉지커피도 같이 화장터로 갔다. 한 시간 반 만에 할머니는 한 줌의 재가 되었다. 유골함을 안장하는 봉안시설로 할머니를 모셨다. 이제 할머니를 추모할 수 있는 시간은 명절이나 할머니 기일이 될 것이다.

돌아가는 버스에 올라탔다. 딸아이는 내 무릎에서 잠이 들었고, 나도 피곤했다. 딸을 보면서 나는 혼잣말을 했다.

"내가 나중에 죽으면 경쾌한 음악을 틀고, 내가 쓴 책들을 조문객이 보게 하고, 영정사진은 웃는 모습으로 해다오!"

사람 살리고 도와주는 일이 좋아 소방관이 되었다. 근무를 하면서 나도 죽음의 문턱까지 간 적이 몇 번 있었다.

초가집 지붕에서 잔불을 제거하다가 발이 쑥 빠져서 소방호스를 잡고 버틴 적이 있었고, 호텔 지하층 화재를 진압하다가 연기로 한 치 앞이 보이지 않아 당황한 적이 있었다. 말벌에 6방을 쏘였지만 무사했다. 다른 소방관들은 더하면 더했지 덜 위험하지는 않았다. 안전매뉴얼은 있지만, 환경은 움직이는 생물이라 위험은 항상 내 주위에 도사리고 있다.

죽음에 대한 수많은 담론과 철학을 뒤로하고 '죽음은 꿈에서 깨어나는 것'이라는 표현을 좋아한다. 할머니는 꿈에서 깨어난 것이다. 가난한 삶을 사셨지만, 할머니에게도 달콤했던 순간들이 분명 있었을 것이다.

내가 현장에서 잡지 못했던 '손'들이 생각난다. 생이 어려워서 스스로 목숨을 끊는 사람, 자동차란 괴물에 부딪혀 생을 마감한 사람, 스스로 난간에 매달렸고 정신을 차렸지만, 손에 힘이 빠져서 추락한 사람, 엄마가 거실에서 스마트폰을 보는 동안 5cm 깊이의 욕조 물에 빠져 익사한 아기, 확장형 베란다 창문가에 있는 소파에 기어 올라가 창문 밖으로 떨어진 아기, 내 손을 뻗기도 전에 차가워진 손들. 짧았던 꿈이든, 긴 꿈이든 그들도 꿈에서 깨어난 것이다.

누군가 자꾸 나를 깨우려 하지만, 나 역시 계속 꿈을 꾼다. 오래 꿈꾸고 싶다.

"여보! 일어나. 다시 장례식장에 도착했어!"

깜빡 잠들었나 보다. 딸은 아직 잠들어 있다. 어떤 꿈을 꾸고 있을까?

13호 태풍 '링링'

우두커니 마루에 앉아서 끊임없이 내리는 비를 바라보았다. 비는 내리고 또 내렸다. 논산천은 양쪽에 뚝방이 있었고, 탑정호는 이미 수문을 열었다. 폭이 300m쯤 되는 논산천 뚝방은 거의 터지기 일보 직전이었다. 좌측에는 논산 시내가 있었고 우측에는 내가 살던 성동면이 있었다. 우측 둑이 터졌고, 누구는 일부러 우측으로 터뜨린 것 같다고 분통을 감추지 못했다. 우리 동네의 앞마을 삼호리는 홍수로 물바다가 되었고, 결국 70가구 중 35가구가 물에 잠겼다. 홍수가 지나간 뒤 정부의 도움으로 근처 나즈막한 산을 깎아서 새로운 동네를 만들었다. 동네 사람들은 그 마을을 새동네라 불렀다. 나중에 알고 보니 그 홍수는 '셀마'라는 태풍 때문이었고, 셀마로 대한민국은 345명의 목숨을 잃었다. 내 나이 5살 때의 일이다.

홍수가 가장 무섭다고 느낀 아이는 30년이 지나 소방관이 되었고, 새로운 태풍을 맞이했다.

2019년 초가을, 13호 태풍 '링링'이 오고 있었다. 태풍 이름은 홍콩에서 지었는데, 소녀의 이름이라고 한다. 홍콩 사람들은 태풍이 소녀처럼 아름답고 가냘프기를 기대하는 마음으로 이름을 지었는지 모른다.

하지만 이번 태풍은 최대풍속 39m/s의 무서운 녀석이다. 비번이지만 비상 상황이라 사무실에서 대기했다. 첫 출동은 나무가 바람에 쓰러졌다는 신고였다. 체인톱으로 나무를 자르고 치웠다.

수많은 나무 중에 하필이면 왜 저 나무만 쓰러졌을까? 고목이었을 수도 있고 지반이 약했을 수도 있다. 하지만 내 생각은 너무 강직했던 나무가 아닐까 싶다. 너무 곧으면 부러진다.

현장에서 작업이 끝나갈 무렵, 연달아 신고가 들어온다. 센터 앞 맥도날드 앞에 있는 5m짜리 철제 세움 간판도 쓰러지고, 미용실 간판도 쓰러지고, 건물 외벽도 사과 껍질 깎듯이 떨어져 나갔다. 함께 출동한 동료들과 위험한 것들을 하나씩 하나씩 제거하기 시작했다.

신도시의 나무는 뿌리까지 뽑혔다. 신도시가 어린 것처럼 나무도 많이 약했나 보다. 아파트 창문도 많이 깨졌다. 테이프로 붙여서 안전조치했다. 간판과 유리창이 떨어진 이유는 너무 약해서 그렇다. 접착이 안 좋았거나 유리창이 노후화가 되었다면 충분히 그릴 수 있다. 너무 강해도, 너무 약해도 문제가 된다.

제13호 태풍 '링링'은 2019년 9월 2일에 발생해서 9월 7일에 대한민국을 강타하였고, 9월 8일에 소멸하였다. 인천 강화군, 전남 신안군 소재 흑산면이 특별 재난지역으로 선포되었고, 역대 5번째 강한 태풍으로 기록되었다. 총 334억의 피해를 보았다. 복구비는 총 1,590억 원으로 확정되었다. 엄청난 손실이다.

재난 및 안전관리 기본법 제3조에서 재난은 '자연재난'과 '사회재난'으로 나뉜다. 그리고 감당하기 어려운 재난은 '특별재난지역'으로 선포된다. 2002년부터 2018년까지 경험한 자연재난 중 태풍 '루사'를 비롯해 31건이 '특별재난지역'으로 선포되었다. 사회재난 중에 90년대 이후로 8건이 '특별재난지역'으로 선포되었다. 대구 지하철 화재사고, 삼풍백화점 붕괴사고, 태안 유류 유출 사고, 세월호 침몰사고 등이 기억하고 싶지 않은 대표적인 예이다.

재난은 언제든지 발생할 수 있다. 그런데 '자연재난'은 인간이 손을 쓰기가 어렵다. 다만 조금 더 높은 곳에 집을 지으면 홍수 피해에 대비할 수 있고, 고강도 내진 설계를 하면 지진에 조금 더 버틸지는 모르겠지만 녹록치 않은 것이 현실이다.

하지만 '사회재난'은 안전 불감증에 의해서 발생한 경우가 대부분이다. 사회재난은 어느 정도 통제가 가능하다. 돈을 조금 벌더라도 안전 민감도를 높이고 어린이집에서는 꾸준히 화재대피 훈련을 한다면, 화물차나 배에는 적재량을 싣고 안전운전을 한다면, 사회재난을 줄일 수 있을 것이다.

하지만 원하지 않더라도 큰 재난은 발생하기 마련이다. 2020년 1월 무서운 사회재난을 만났다. 13호 태풍 '링링'이 권투에서 한 방의 강한 '스트레이트 펀치'같은 것이었다면 이 녀석은 몇 달 동안 '잽'을 구사하는 녀석이다. 다른 나라들은 나가떨어지는데 대한민국의 맷집은 단단했다.

의용소방대원들의 활약

건조한 봄날이었다. 산불이 났다는 신고가 들어왔다. 중형펌프차 진압대원으로, 약 10km의 거리에 있는 산으로 지원 출동을 나섰다. 정확한 주소가 없어서 눈으로 산불 발생 장소를 찾아야 했다. 산불의 장소를 찾는 데 1시간 정도 걸렸다. 산의 정상 부근이었다. 소방차가 올라갈 수 있을 거리만큼은 소방차를 타고 올라갔고, 이후에는 산 중턱까지는 사륜구동차를 이용했고, 산 중턱부터 화재 장소까지는 랜턴을 켜고 삽을 들고 등반하면서 하면서 올라갔다.

우리 힘만으로는 부족하여 이 지역 의용소방대원(이하 의소대원)들도 같이 출동했다. 의소대원은 소방관을 보조해주는 역할이지만, 이런 지형은 이 지역 의소대원이 더 잘 알고 있다. 그들의 도움이 필요했다.

20여 명의 의소대원들은 본인 소유의 트럭에 산불 진화용 등짐펌프를 싣고 와서, 그 펌프를 5개씩 끈으로 묶어 산에 설치된 도르래로 산 정상까지 나르는 일을 도와주었다. 산 정상에서 몇 시간 동안 불을 껐다. 큰불이 꺼지는 데는 한 시간이 필요했지만, 잔불을 완벽하게 제거하는 데는 더 많은 시간이 걸렸다. 소방펌프차를 이용해서 소방호스로 불을 끌 수도 없었고, 단지 산불 진화용 등짐펌프와 삽과 갈퀴를 이용해서 불씨를 일일이 갈아엎어야 하기 때문이다.

의소대원들은 도르래를 이용해서 물이 고갈된 등짐펌프를 새 등짐펌프로 수시로 교체해주었고, 서로 협동하면서 각종 장비로 불을 껐다. 새벽까지 지속된 진압활동으로 지친 우리 소방관들과는 달리 그들은 진지하고 열정적이었다. 적어도 내 눈에는 그렇게 보였다.

10여 년 전 군대에서 난 운전병이었다. 우리 지휘관인 수송관님은 달변가였다. 조회시간이면 사랑을 이야기하고, 주인의식을 이야기했다.

"자네들이 차를 소홀히 관리하고, 자꾸 차들이 고장 나는 이유가 뭔지 아니? 너희들이 주인의식이 없어서 그래. 주인이라고 생각해봐. 그렇게 소홀히 할까?"

군대에서 주인의식을 가지면 더 열심히 복무할 수 있겠다고 생각했지만, 생각에서 실천으로 옮겨지지 않았다. 머릿속 구호에 그쳤다. 그 이유는 내 이익으로 돌아오지 않기 때문이고, 열심히 안

해도 국방부 시계는 돌아가기 때문이다.

하지만 그 의소대원들은 산의 주인이었으며, 산의 일부였다. 그들이 자라고 성장해 온 작은 산이 화상을 당해 아파했던 것을 그냥 지나칠 수 없었던 것이다. 그래서 소방관처럼, 아니 소방관보다도 더 열심히 땀을 흘린 것이다. 빨리 산을 치료해야 자신이 아프지 않기 때문이다.

뿐만 아니라 소방관 순직사고 장례식장에서 자기 자식이 안 좋은 일을 당한 것처럼, 눈물 흘리고 아파했던 사람도 담당지역 의소대장님이었다. 몇 년 전 모텔 화재가 발생하여, 창문에서 투숙객들이 살려달라고 울부짖고 있었다. 우리 사다리차 한 대만으로는 투숙객들을 다 구조하기에는 역부족이었다. 그때 자신 소유의 이사용 사다리차를 끌고 나타나서 모텔 벽에 사다리차를 붙여서 요구조자를 구한 것도 의소대원이었다.

돌이켜보면 화재진압할 때, 이렇듯 소방관의 힘만으로는 부족할 때가 많았다. 그때마다 의소대원의 도움이 큰 힘이 되었다. 이렇듯 소방관과 의소대원의 콜라보레이션은 더 안전한 지역사회를 만든다.

중국어로 통역하는 소방관

2019년 9월 충청북도 충주에서 세계소방관 경기대회가 개최되었다. 75개 종목에 63개국, 6,600여 명이 참가했다. 스포츠를 통한 국제 소방정보 공유와 전 세계 소방관의 친목 도모를 위해서 1990년부터 2년에 한 번씩 개최되고 있다.

세계소방관 경기대회가 개최되기 몇 달 전 나도 대회에 참여하고 싶었지만, 내가 참여할 만한 종목이 없었다. 눈에 띄는 공문이 내려왔다. 통역요원을 뽑는다는 것이다. 중국에서 2년 6개월 동안 살다 온 경험이 있기에 중국어를 곧잘 한다고 생각했다.

통역요원이 되기 위한 중국어 면접을 봤다. 이런 저런 질문에 답변을 잘했다고 생각했지만 결국 3대 1의 경쟁률을 뚫지 못했다. 기본 자격증 점수, 외국에서 살다 온 경험 등이 합산되는 것인데, 나보다 실력이 좋은 사람이 많았던 것이다.

오기가 생겼다. 나중에 언젠가는 통역요원으로 활동해야겠다는 마음을 먹었다. 관련 있는 자격증을 살펴보다가 중국어 관광통역안내사라는 시험이 있다는 것을 알게 되었다. 중국어 말하기 실력을 향상시킬 수 있겠다는 생각이 들었고, 더구나 외국어 관련 유일한 국내 자격증이기에 관심이 갔다. 나아가 자격증이기 때문에 한 번 따면 평생 자격이 증명되는 것이다.

하지만 취득까지의 길은 쉽지 않았다. HSK 점수가 있어야 되고, 우선 관광에 관련된 4개의 과목을 공부해서 60점이 넘어야 한다. 그리고 중국어로 한국의 문화와 역사, 그리고 관광산업에 대해서 15분에 걸쳐서 면접을 봐야 된다.

비번일 때 틈틈이 공부했다. 한 계단 한 계단 올라갔다. HSK 점수 취득하고, 필기에 합격하고, 마지막 중국어 면접을 준비하면서는 예상 질문을 달달 외었다. 결국에는 자격증을 취득했다. 가을에는 HSK 점수가 있어서 지방공무원 경연대회의 본선까지 참석했다.

중국어에 관심이 많은 오 팀장님과 시험 준비 도중에 중국어를 배우는 데 생기는 에피소드나 새로운 언어를 배울 때 힘든 점에 대해서 많은 대화를 나누었다. 팀장님은 소방조직도 언젠가는 다른 공무원처럼 국제협력과가 생기거나 해외연수 기회가 있을지도 모르니 열심히 해보라고 하셨다. 그때가 온다면 준비된 자만이 선발된다고 말했다.

중국어 관광통역안내사 합격을 통해 구급활동을 할 때도 긍정적인 변화가 일어났다. 구급차를 타면서 중국인 환자를 세 번 만났다.

인접 센터 구급대원과 환자 이송 때문에 병원 응급실에서 만났다. 그 센터 구급대원은 중국인 환자를 이송하고 있었다. 의사소통이 원활하지 않아 통역해 드렸다.

또 한국인과 중국인 부부 사이에 폭행 사건이 있었다. 구급출동으로 나갔지만, 그 중국인 여성은 하고 싶은 이야기가 너무 많았다. 중국어로 다 들어주고 우리가 할 수 있는 것에 대해서 통역해 주었다.

한 외국인이 피를 흘리면서 빌라 앞에 쓰러져 있다는 신고를 접수했다. 현장에 도착해 보니 환자는 보이지 않았다. 신고자는 중국인으로 보이는 환자가 피를 흘리면서 비틀거리면서 큰길로 걸어갔다고 했다.

구급차를 몰아 수색하다가 피를 흘리면서 걷는 환자를 발견했다. 술에 취한 것 같았다. 눈 위쪽이 찢어져 있어 구급대원들은 간단히 응급처치를 했고, 나는 통역을 했다. 응급실에 가자고 말을 했더니, 안 간다고 완강히 거부하는 것이다. 환자가 거부하면 병원에 갈 방법이 없다.

아마 의료보험이 안 될 수도 있고, 불법체류자일 수도 있다. 그 중국인 환자는 서툰 한국어로 고맙다고 말하고 성급히 가던 길을 갔다. 같이 구급차를 타는 반장님들은 내 중국어 실력을 칭찬해주었다.

돌아오는 길에 가만히 생각해 봤다. 고마워할 사람은 날 떨어뜨린 면접관이었다. 세계소방관대회에서 통역요원으로 선발되었다면 중국어 실력은 거기에 머물렀을 것이다. 세계소방관대회 통역요원 선발에서 떨어진 것이 나에게는 한 걸음, 아니 열 걸음 더 나아가게 하는 기회가 되었다.

2002년에 히딩크 사단에 합류하지 못했던 이동국 선수가 지금까지 선수 생활을 유지했던 이유도, 이봉주 선수가 1996년 애틀랜타 올림픽에서 은메달을 따고 아쉬움에 20년 동안 현역을 할 수 있던 것도 그 오기 때문이지 않을까? 물론 내가 그들과 같은 레벨이라는 것은 아니다.

오감을 이용하라

'감각'의 정의는 눈, 코, 귀, 혀, 살갗을 통하여 바깥의 어떤 자극을 알아차리는 것이다. 영어로는 'Sense'다. 흔히 무엇인가를 잘 알아차리는 사람을 '센스가 좋다'고 한다.

감각을 '화재진압 활동'과 연결해 본다. 눈은 대부분의 역할이니 생략하고, 코는 가스 냄새나 불 냄새를 맡는다. 귀는 펑펑 터지는 소리를 감지하고. 무전기로 팀장님의 지휘를 받을 수 있다. 방화문을 열 때 장갑을 벗고 손으로 방 안의 열감을 찾아내는 것, 암연 속에서 화점의 방향을 찾아내는 것도 피부의 감각에 의존한다.

'구급활동'에도 오감이 필요하다. 눈으로는 대부분의 활동을 인식한다. 코로는 술 냄새를 느낄 수 있고, 숨에서 아세톤 냄새가 나면 당뇨성 케톤산증(Diabetic Ketoacidosis, DKA)일 수도 있다. 각종 병력 청취는 귀가 담당한다.

예를 들면 현재 주증상이 어떻게 되는지, 어떤 약을 복용하는지,

알레르기는 있는지, 식사는 언제 했는지, 통증은 언제부터 시작되었는지 모두 청각에 의존하여 환자로부터 정보를 얻는다.

촉각을 이용해서 맥박을 감지하고 혈압을 유추한다. 또한 골절 부위를 찾아낸다. 수축기 혈압 기준으로 목동맥에서 맥박이 느껴지면 혈압이 60mmHg 이상이고, 대퇴부에서 맥박이 뛰면 70mmHg 이상이며, 손목에 있는 요골동맥에서 맥박이 느껴지면 혈압이 80mmHg 이상이라고 판단한다. 눈으로 보는 것은 기본이요, 나머지 감각을 잘 써야 각종 환자 정보를 의학 지식이나 경험과 결부시켜 범위를 좁히거나 문제를 해결할 수가 있다.

각종 소방차 역시 적색, 흰색의 경광등과 각종 출동에 따라 다른 사이렌 소리를 내면서 행인이나 자동차에게 긴급자동차가 지나감을 알린다.

새벽 3시. 저혈당 환자가 발생했다는 신고가 접수되었다. 평소 소방훈련으로 몇 차례 방문했던 노인요양병원이다. 2층으로 주들것을 밀고 들어갔다. 할머니들은 주무시고 있었고, 50대로 보이는 요양보호사와 30대로 보이는 간호사가 한 할머니 근처에 서 있었다. 이야기를 들어보니 숙직하는 요양보호사는 새벽 2시에 순찰을 돌고 있었다고 한다. 그녀는 그 할머니의 숨소리가 평소와는 다르게 느껴져서 간호사를 호출했다. 뛰어온 간호사는 바로 119에 신고했다.

당 측정을 해보니 30mg/dL이다. 공복 시 60mg/dL 이하면 심각한 저혈당으로 위험에 빠질 수 있다. 정황을 보면 할머니는 제2형 당뇨병 환자이다. 제1형 당뇨는 한마디로 인슐린을 너무 적게 만들어서 생기는 병이다. 제2형 당뇨는 쉬운 표현으로 에너지를 이동하는 택시 같은 인슐린은 있으나, 택시가 승객(포도당)을 태우지 않는 승차거부를 하는 것이다. 즉 포도당이 세포로 전달되지 않아 에너지 생산이 안 되는 것이다. 전문용어로 인슐린이 포도당에 대한 민감성이 저하되었다고 표현하기도 한다. 40세 이상의 비만자가 많이 걸린다고 한다. 운동과 식이조절이 필요하다.

우 반장은 의료지도를 받은 후 급하게 50% 포도당 100mL를 왼팔에 18G 바늘[45]로 연결했다. 나는 포도당이 잘 들어가게 높게 들었다. 빠르게 올라가는 공기방울은 포도당이 빨리 들어가는 것을 의미한다. 5분 후 환자는 차차 의식을 되찾았다. 혈당측정을 해보니 450mg/dL[46]이다. 하지만 말 그대로 응급처치이다. 나중에 응급실과 노인요양병원 관계자는 할머니 질병의 근본 원인을 찾을 것이다.

병원으로 환자를 이송한 후 센터로 돌아오면서 생각해 봤다. 소리로 환자의 이상을 감지했던 요양보호사의 '센스'가 뛰어나다고 생각했다. 엔진소리를 듣고 이상함을 느끼는 자동차 정비사처럼 말이다. 내가 병원장이라면 이 사건을 보고 받고 큰 상을 줄 것이다.

---

45) 구급차에서 사용하는 가장 큰 바늘

46) 고농도 포도당 투여에 의한 일시적인 상승

진짜 소방관이 되려는 나에게 현장이 가르쳐준 일곱 번째 가르침은 '오감을 이용하라!'이다.

대한민국, 안전해요

영하 10도. 12월의 가장 추운 날이었다. 움직임이 둔해지더라도 내복을 입을 수밖에 없었다. 구급출동 신고가 들어왔다. 관내 대형마트 앞에서 사람이 쓰러져 있다는 것을 지나가던 행인이 신고한 것이다. 출동하면서 신고자에게 전화했다.

"위치 좀 정확하게 알려주세요."

"거기 자전거 모아 놓은 데에 사람이 쓰러져 있어요! 제가 바빠서요. 그럼 이만."

툭 하고 전화를 끊었다. 신고했으면 확실히 알려줘야 하지 않느냐며 우리는 투덜거렸다. 그것이 신고자의 최소한의 의무라고 생각한다. 대형마트 맞은편에서 자전거 받침대를 찾았다.

"아무도 없잖아요. 그냥 일어나서 갔나 봐요."

그런데 자세히 보니 저쪽 구석에 누가 쓰러져 있는 게 아닌가? 구급차를 멈추고 환자 곁으로 다가갔다. 소주병이 옆에 있었고, 일흔

쯤 되어 보이는 할아버지였다. 다른 것보다 우선하여 의식과 호흡부터 확인했다. 의식과 호흡에는 문제가 없었다. 그런데 문제는 다른 곳에서 생겼다. 우리가 무슨 말을 해도 눈만 동그랗게 뜨고 우리를 바라보는 것이 아닌가? 그때 혹시나 해서 휴대폰을 확인하니 배경화면에 히라가나로 일본어가 쓰여 있었다. 술을 마시고 쓰러진 것 같았다. 귀에서도 피가 흘러나왔다. 귀 쪽의 상처는 넘어지면서 생긴 것으로 추정되고 뇌출혈이 있을 수도 있어서 응급실에 빨리 가봐야 하는 상황이었다.

경찰도 왔다. 기나긴 실랑이가 벌어졌다. 일본 할아버지는 "그냥 술 먹다가 잠든 것이다." "나는 여행 중이다. 아무런 문제가 없다."고 서툰 영어로 말했다. 그래서 나도 서툰 영어로 말했다.

"It′s Korean safety system!"

그가 묵고 있는 호텔로 가서 통역을 이용하려 했는데, 호텔 카운터 직원도 일본어를 하지 못했다. 갑자기 일본어를 잘하는 동료가 생각나서 전화를 해서 통역을 시켰다. 결국 병원에 가서 치료를 받는 것으로 결정했다. 병원에 도착하자 그 일본인은 우리에게 말했다.

"How much is it?"

공짜라고 말하자 눈이 휘둥그레지더니 고맙다고 했다.

한국 치안은 안전하기로 유명하다. 치안은 범죄가 없고 질서가 유지되는 것을 뜻한다. 치안이 유지되려면 도시에 몇 가지 특성이 있어야 한다. 경제 수준이 높거나, 범죄에 대한 처벌이 심하거나, 남에게 피해를 주기 싫어하는 민족성이 있어야 한다. 우리나라나 카타르는 치안이 좋기로 유명한데, 그 이유는 두 나라 모두 경제 수준이 높고, 범죄에 대한 처벌이 비교적 강하기 때문이다. 일본의 경우 남에게 피해를 주는 것을 싫어하는 나라라 비교적 치안이 좋은 쪽에 속한다.

가끔은 생각한다. 만일 내가 치안이 열악한 멕시코나 베네수엘라에서 태어났다면, 소방관 임무를 잘 수행할 수 있었을까?

국가의 여러 역할이 있겠지만, 피부로 느낀 국가의 가장 중요한 역할은 '안전'이었다. 안전은 탑다운(Top-down)으로 국가가 책임지기도 하지만, 한국 국민들은 '정' 문화가 있기 때문인지 바텀업(Bottom-up)으로 서로의 안전을 챙겨준다. 즉 안전을 위해서라면 비용 없이 구급차를 이용할 수 있고, 누군가가 쓰러져 있으면 지나가던 행인은 대부분 119에 신고한다. 나 같은 소방관은 쓰러진 이의 안전과 건강을 살피고 필요하면 병원으로 이송해 준다. 그가 외국인이라 할지라도….[47] 안전의 숲 안에서 오늘도 외국인 환자에게 좋은 구급서비스를 제공했다고 자화자찬할 때 진 반장이 말했다.

"빨리 들어갑니다. 오늘 점심은 국수예요!"

---

47) 응급의료에 관한 법률 제3조에 의하면 국내에 체류하는 외국인도 차별받지 아니하고 응급의료를 받을 권리를 가진다.

세 번째 기도

2019년 12월 31일, 오늘은 야간근무다. 기독교인인 나는 매년 송구영신 예배에 참여한다. 송구영신 예배란 12월 31일 자정에 드리는 예배이다. 말 그대로 옛것을 보내고 새로운 것을 맞는 예배이다. 하지만 오늘은 야간근무이기 때문에 교회에 가지 못했다. 저녁 8시쯤 휴대폰이 울렸다. 아내였다.

"지금 교회야. 내년 기도 제목을 세 가지 적어내야 하는데, 준비한 거 있어?"

"첫째는 둘째 아기 갖는 거, 두 번째는 동생 결혼을 위해서, 세 번째는 우리 가족 건강을 위해 기도하자."

아내는 12시에 목사님이 안수기도 해 주시니 시간에 맞춰 사무실에서라도 같이 기도해 주면 좋겠다고 말했다. 나는 그렇게 하겠다고 대답했다. 12월 31일인데 출동이 많지 않았다.

출동에 관한 우리끼리의 불문율이 있다. 출동이 없을 때 '출동이 없네.'라고 말을 하지 않는 것이다. 그대로 우리 지역의 평화를 누리면 된다. 마음 편하게 쉬어야 일도 잘 할 수 있다. 출동이 없다고 말하는 순간 사무실에 도청장치라도 있는지 지역주민들이 출동을 요청한다.

공교롭게 오늘도 그런 일이 일어났다. "어째 출동이 없네."라고 누군가가 말을 하자마자 바로 구급출동벨이 울렸다.

"손목 자해 신고입니다. 출동 바랍니다."

예상할 수 있는 최악의 경우를 생각하면서 액셀을 밟았다. 공기가 차가웠다. 6층이다. 구급대원은 먼저 계단으로 올라가고, 나는 주들것을 챙겨 엘리베이터로 올라갔다.

현장에 도착하니 40대 추정 여성은 거실에 누워 있었고, 그 옆에는 남편으로 보이는 사람이 있었다. 주위를 둘러보니 식탁에 큰 부엌칼이 꽂혀 있었다. 놓여 있던 것이 아니다. 심상치 않은 분위기였다. 공포가 엄습했지만, 침착하려 애썼다. 남편은 욕을 하고 있었고, 유치원을 다닐 나이인 듯한 딸아이는 이 장면을 물끄러미 바라보고 있었다.

여성의 손목에는 칼자국이 있었다. 어떻게 된 상황인지 물어보니 식탁에 꽂힌 칼로 손목을 그은 것은 아니라고 남성이 대답한다. 주방으로 눈을 돌렸다. 주방 싱크대에는 선혈이 낭자했고 과도가 놓여 있었다. 남편과 아내는 어떤 이유로 다투었고 아내는 과도로 손목을 그었다. 서로가 서로에게 불만과 오해가 많았던 것 같았다. 병원으로 가는 구급차 안에서도 여성은 할 말이 많았다. 지금 생각나는 그녀의 말은 "이로써 이혼은 확실해졌다."이다.

여성을 병원에 이송하고 돌아오는 길에 시계를 보니 12시가 넘어 있었다. 12시가 지날 때 신데렐라는 화려한 옷에서 다시 허름한 옷과 구두로 바뀌었지만, 나는 세 번째 기도 제목을 바꿔야 했다.

"사람에게 사랑을"

나의 작은 외침을 하나님께서 들어주시어 사람의 마음에 사랑이 자리 잡는다면, 새해가 되는 첫날의 이런 비극은 줄어들 것이다. 어디 이 가정뿐이겠는가?

이스라엘 가자지구의 싸움, 베네수엘라의 기근, 아프리카의 가난, 멕시코의 국경탈출…. 모두에게 조금 더 깊은 사랑이 필요하다. 그 사랑이 세상으로 흐른다면 그것이 평화다. 사랑은 마음만으로 되는 것은 아닐 것이다. 빵도 필요하고, 옆집 사람의 생활수준도 비슷해야 사랑이 생긴다.

그렇지만 오늘도 하나님께 기도한다.

"작게는 우리 가족에게 사랑을 주시고, 넓게는 이스라엘, 베네수엘라, 멕시코, 아프리카의 각 사람에게 사랑을 주시기를 기도합니다."

히어로가 되고 싶지 않아요

센터 사무실 문이 열렸다. 태권도복을 입고 어깨에는 크로스 가방을 두른 한 소년이 꾸벅 인사하며 편지를 불쑥 내민다. 편지를 열어보니 소방관에 대한 감사의 내용이었다. 사진을 함께 찍자는 요청도 있었다. 소방차 앞에서 같이 사진을 찍었다. 5년차 소방관으로 일하는 동안 이런 편지를 10통 정도 받은 것 같다. 편지를 받으면 한 달 정도 사무실 게시판에 붙여놓곤 했다.

요즘 초등학교 수업 중에는 직업에 대해 인터뷰하는 숙제가 있나 보다. 학생들이 어머니와 함께 와서 소방관에 관해서 인터뷰를 하곤 한다.

5년 전에 나는 소방관이 되기 위해서 도서관에서 공부하고 지금 근무하고 있는 센터 앞을 지나가곤 했다. 쉬고 있는 소방관들을 볼 때마다 소방관이 어떤 일을 하는지 구체적으로 물어보고 싶었다. 하지만 내 처지가 초라해서 차마 출입문을 열지 못했다. 학생들이 나보다 용기가 있다.

소방차나 구급차를 타고 가다 적색 신호에서 멈추면 꼭 어머니들은 아이들에게 "와~ 로이다 로이!!(『로보카폴리』라는 만화에서 소방 펌프차를 '로이'라고 묘사하고 있다)"라고 말을 한다. 그러면 나는 창문을 내리고 엄지를 보여주거나 손가락 하트를 보여준다. 그렇듯 소방관의 인식은 나쁘지 않다.

하지만 어두웠던 시절도 있었다. 은퇴하신 팀장님은 80년대 소방관의 실정에 대해서 가끔 말씀해 주셨다. 소방조직이 독립되지 않아 시청에 속하기도 하고, 경찰에 속하기도 했다는 것이다. 당시 소방관이 받은 푸대접이 생각나서 흥분하여 말씀하셨다.

경찰에 속해있을 때, 도둑 잡으러 가면 경찰관과 함께 가고, 화재가 나면 소방관들만 출동했다는 것이다. 그리고 시청에 속해 있을 때는 화장실 청소 같은 업무를 소방관이 도맡아 했다는 것이다. 7년 전 대통령 취임식 때 여의도 국회 앞마당의 6만 개 의자에 쌓인 눈을 치운 것도 소방관이었다.

어떤 트위터 사용자가 10년 전에 우면산 산사태 현장에서 며칠째 밤낮으로 복구작업 중인 소방대원과 군인·경찰 사이에 다른 처우를 지적하면서 쓴 글이 눈에 띈다.

'군·경찰은 밥차가 있는데 소방은 밥차가 없어서 매번 신라면 미니사이즈와 김밥을 드시네요. 왜 재난현장에 소방관은 10년 넘게

항상 밥차가 없어서 식사를 제대로 하지 못할까요?'

2015년에 벌집제거 업무에 투입된 한 소방관이 말벌에 눈을 쏘여 사망한 사고가 있었다. 하지만 인사혁신처는 고인이 보호복을 착용하지 않았고, 말벌집에서 10여 미터 떨어진 곳에 있었던 점을 근거로 고인의 사망이 공무원연금법에 규정된 순직 요건인 '생명·신체에 대한 고도의 위험을 무릅쓰고 사망하는 경우'에 해당하지 않는다고 판단해 유족들의 순직 신청을 거부했다. 하지만 소송 끝에 서울행정법원 제2부는 인사혁신처의 처분은 위법이라는 판결을 내리며 다음과 같이 말했다.

> 등검은말벌집 제거작업은 토종말벌집 제거에 비해 훨씬 위험성이 큰 업무여서 생명·신체에 대한 고도의 위험성을 수반하는 작업으로, 고인이 된 소방관은 2인 1조의 팀으로 출동했다가 말벌집 제거 보조작업을 수행하는 과정에서 위험에 노출됐다. 실제 말벌집 제거작업을 한 소방공무원이 사망했다면 순직으로 인정됐을 개연성이 큰 상황에서 한 팀을 이루어 출동한 다른 공무원에게 엄격한 요건을 적용해 순직으로 인정하지 않는 것은 바람직하지 않다!

유시민 작가가 어느 강연에서 본인과 노무현 대통령을 비교한 말을 응용해서 나도 말해 본다.

"소방관을 푸대접하는 사람은 많았지만, 미워하는 사람은 없다."

우리는 험한 곳으로 가는 직업이다. 내가 만든 노래처럼 힘든 곳, 뜨거운 곳, 아픈 곳, 위험한 곳, 빌딩 위, 호수 밑, 폭풍 속으로 가는 직업이다. 현장에서 불을 끄고, 아기를 이송하고, 자살소동자를 구하는 일이다. 하지만 이런 현장에서 일을 마치고 돌아오면서 내 머릿속에는 늘 안타까운 것이 하나 있다.

그것은 바로 사람 때문에 생기는 재난이다.

인재의 원인은 대부분 안일함이나 가난, 욕심에서 기인한다. 예를 들면 가스 불을 끄지 않고 마트에 물건을 사러 갔다가 사고가 나거나, 값싼 연탄을 사용하다가 일산화탄소의 배출로 인해 사고를 당하기도 한다. 체르노빌 원전폭발사고의 원인 중의 하나인 저렴한 연료봉의 사용은 욕심에서 기인한 것이다. 열네 명의 체르노빌 소방대는 불굴의 노력으로 불길을 잡는 데 성공했지만, 결국 방사능에 피폭되었고, 끔직한 고통을 겪으며 죽었다.

내가 겪은 소방 활동의 80% 이상은 이런 인재사고다. 법으로나 상식으로 하지 말라고 하는 것들, 예를 들면 음주운전, 안전벨트 미착용, 피다 만 담배를 산에 버리는 일, 아기를 재울 때 두꺼운 요를 까는 것 등이 인재사고에 해당한다. 그런 행동들은 그들을 위험에 빠지게 한다. 운이 좋아 그들을 구하면 우리를 히어로라고 칭할 수도 있다. 하지만 그렇게 히어로가 되고 싶지는 않다.

인간은 로봇이 아니기에 안일함, 가난, 욕심을 버리라고 말하기는 어려운 일이다. 하지만 안전에 조금 더 관심을 갖는 것은 가능하지 않을까 싶다. 그런 소소한 노력을 하는 사람들이 진정한 히어로이다.

세계를 뒤흔든 코로나19

"라인아! 코로나가 뭔지 아니?"

"까칠까칠한 거예요. 그거 있으면 손 깨끗이 닦아야 해요!"

내가 사는 천안은 3월 초부터 코로나 확진자가 증가하여, 봄방학 때부터 할머니 댁에 놀러 간 딸은 한 달째 시골에 피난해 있다. 딸과 전화 통화를 하다가 문득 코로나에 대해 아는지 궁금해서 물어봤더니 위와 같이 대답하는 것이다. 네 살 딸도 코로나가 무엇인지 아는 그런 세상에 살고 있다.

대한민국은 난리를 넘어 '준전시 상태'에 돌입한 것 같다. 삭막해진 도시는 인류 최후의 생존자와 바이러스에 감염된 변종 인류와의 싸움을 다룬 윌 스미스 주연의 「나는 전설이다」가 연상되고, 감염병의 확산 형태는 기네스 팰트로, 맷 데이먼 주연의 영화 「컨테이젼」을 보는 것 같다. 대한민국에는 이미 확진자가 1만 명을 넘어섰다. 지옥 같았던 지난 몇 달 간을 정리해 본다.

1. 바이러스와 코로나19

바이러스에 대해서 알아보자! 일단 생물이라고 보기 어렵다. 생물은 '유전, 생식, 생장, 물질대사'를 해야 한다. 거칠게 말해서 먹고 똥 누어야 생물이라는 것이다. 하지만 바이러스는 그런 것이 없다. 크기도 무척 작다. 동물 세포가 '방'이라면 바이러스의 크기는 주먹만 하다.

바이러스는 동물의 세포를 숙주로 기생한다. 자신의 유전정보를 일반 체세포에 침투시킨 후, 자기 자신과 같은 유전정보를 가진 바이러스를 복제 생산하고 침투한 숙주세포를 죽인다.

신종 코로나 바이러스(이하 코로나19)는 코로나(왕관)처럼 생긴 바이러스의 일종으로 원래 박쥐를 숙주로 하는 바이러스였다. 하지만 중간 숙주를 거쳐서 인간에게 왔을 때 조금 더 센 놈으로 변했으며, 사람에게 질병을 유발하는 7번째 코로나 바이러스가 되었다.[48]

코로나19의 문제점은 2가지이다.

첫 번째, RNA[49] 형태의 유전정보를 가지고 있어서 빠르게 변한다는 것이다. 빠르게 변해서 그에 맞는 백신을 발견하기 어렵다.

---

48) 이전 6종의 코로나 바이러스 가운데 4종의 바이러스(HCoV-229E, HCoV-OC43, HCoV-NL63, HKU1)는 경증에서 중증도의 호흡기 질환을 일으키며 나머지 2종은 SARS코로나 바이러스와 MERS코로나 바이러스이다.(출처 : 질병관리본부)

49) DNA 형태의 유전정보와는 다르게 RNA는 단일구조라 복제 시 변형이 쉽다. DNA 형태의 유전정보가 해머라면 RNA는 철사다.

두 번째, 잠복기가 있다는 것이다. 잠복기가 있어서 인간은 최대 2주 동안 자신이 코로나19에 걸렸는지 모른다. 그래서 널리 퍼질 수가 있다. 치사율이 낮아서 청년들은 건강한 면역체계로 버텨내지만, 영유아나 노인들은 호흡기 질환을 거쳐 중증 폐렴으로 발전되어 사망할 수도 있다.

현재까지 코로나19를 예방하는 유일한 방법은 마스크를 착용하는 것과 손을 잘 씻는 것, 그리고 타인과 물리적 거리를 두는 것밖에 없다.

본격적으로 이야기할 내용의 핵심은 세 가지이다. 코로나는 어떻게 전파되고 있으며, 어떻게 막고 있으며, 주 증상은 무엇인가?

2. 대구

대구 신천지교회 신도들로 인해 확진자가 기하급수적으로 늘었다. 재생산지수[50] 같은 어려운 이야기는 하지 않겠다. 바짝 붙어서 예배드리고, 식사하고 어떤 형태로든 스킨십이 많았던 것이다. 어느 신문에서는 '신천지 교회는 상상 이상의 다중 접촉한 듯'이라는 표현을 사용했다.

구급출동 시 신고자에게 환자 정보를 구할 때, 며칠 전까지만 하더라도 중국에 다녀왔거나 중국에 다녀온 자를 접촉한 사람이

50) 환자 1명당 몇 명에게 감염 영향력을 미쳤는지 보여주는 수치.

있었는지를 물었지만, 지금은 대구에 다녀왔는지를 물어야 한다.

소방서에서도 대구에서 많은 확진자가 나오자 대구에 다녀온 직원들을 2주간 격리했고, 장거리 여행을 금지했고, 모든 직원들 출퇴근 시 발열체크를 하기 시작했다.

잠복기 환자는 코로나 검사를 하지 않는 이상 증상이 없으면 감염여부를 찾기 어렵다. 잠복기를 지나면 발열(37.5℃ 이상), 또는 호흡기 이상(기침, 인후통, 호흡곤란)이 주 증세이다. 2020년 2월, 지금은 최대한 스스로 조심하는 수밖에 없다. 최소한의 동선으로 코로나19에 감염되지 않아야 한다.

3. 천안

천안 5번 확진자는 2월 26일 코로나 확진 판정을 받았다. 줌바댄스 강사였다. 그녀는 자신이 코로나19에 감염된지도 모른채 수강생 한 사람, 한 사람을 지도했을 것이고, 동시에 코로나19는 무한복제 되었을 것이다. 그녀는 124명과 접촉했다.

확진은 이미 벌어진 일이고, 이동 동선을 확실하게 말해 주어야 최대한의 피해를 막을 수 있다. 그런데 그 줌바댄스 강사는 이동 동선을 말할 때 대구 줌바댄스 강사와 접촉한 것을 말하지 않았다. 코로나19 바이러스는 결코 하늘에서 뚝 떨어지지 않는다.

코로나 의심 환자 출동신고가 들어왔다. 80대 여성인데, 폐렴 증상이 있다고 한다. 현장으로 달려갔다. 환자는 누워있었고, 산소포화도[51]를 측정해보니 90%다. 폐렴으로 인해 몸 안에 산소가 계속 부족해지는 상태다. 산소가 부족하면 에너지를 만들지 못한다. 이 환자는 한 달간 외출을 하지 않았다고 하지만, 결국 호흡곤란이면 코로나 의심 환자 범주에 들어간다.

코로나 의심 환자 범주에 들어가면 1인 음압격리 병실로 가야 한다. 그리고 코로나19의 확진 여부 검사를 받아야 한다. 지역에 종합병원 급의 병원이 4군데 있지만, 전화해 본 결과 모두 수용 가능한 음압격리 병실이 없다고 한다. (각 병원의 음압격리병실은 5개 안팎이다.) 즉 천안에는 20실 안팎의 음압격리병실밖에 없다는 것이다. 0.001%의 확률이지만 일반병실이나 응급실의 환자가 코로나19에 걸렸다면 그 병원은 폐쇄해야 하기에 음압격리 병실로 갈 수밖에 없다.

상황실에 연락하여 갈 수 있는 병원을 찾아달라고 했다. 대전, 평택, 예산, 아니면 수원이라도 어디든 갈 준비는 되어있으나, 갈 수 있는 병원이 없었다. 환자는 산소 15L/min씩 계속 투여받고 있었다. 2시간쯤 흘렀을까. 보호자가 조심스레 말을 꺼냈다.

"그냥 집으로 모실게요. 어머니와 이야기한 것이 있습니다. 코로나가 산 사람까지 죽이네요. 코로나 때문에 미쳐버리겠네요."

---

51) 산소포화도 측정 원리는 산소를 가진 헤모글로빈과 가지고 있지 않은 헤모글로빈의 빛의 흡수 정도가 다르기 때문에 빛을 쪼여주었을 때 생기는 빛의 세기 차이를 가지고 산소포화도를 측정한다.

연로하신 어머니를 집에서 치료하거나, 치료를 포기한다는 의미로 들렸다. 그것은 아닌 것 같아 계속 설득을 했다. 치료할 병원이 나타날 것이니 조금만 기다려 보시라고 계속 설득했다.

그때 가까운 종합병원에서 다시 오라는 전화가 들어왔다. 상황의 심각성을 듣고 그 병원도 무리를 하는 것 같았다. 다행이라고 생각하고 병원으로 갔다. 병원에 인계 직후 보호자는 환자를 어떻게든 병원으로 이송해주려는 우리의 노력에 고마움을 표시했지만, 눈빛은 슬펐다.

병원에 도착하자마자 그 환자는 심정지 상태가 되었으나, 병원 의료진은 각종 약물과 심폐소생술로 일단 위급한 상황은 모면했다. 곧 코로나19 바이러스 검사도 진행할 것이다.

나도 보호장구를 착용하긴 했지만, 긴 시간 동안 환자 보호자와 많은 대화를 나누어 걱정이 되었다. 퇴근하고 아내에게 이 사실을 고백하고, 아내와 선을 그어서 셀프격리 했다.

다음날 보호자에게 전화해보니 환자는 코로나 음성 판정을 받았다고 한다. 내가 음성 판정을 받은 것처럼 기뻤다. 나 역시 이 엄중한 시국에 확실한 기준이 생겼다.

일단 환자 접촉 금지.

모든 환자는 코로나 잠재 의심자로 간주.

접촉은 반드시 감염보호복 착용 후 진행할 것.

천안에서도 코로나 환자가 많이 발생했고, 이송도 많이 했지만,

힘들다고 말할 수 없다. 같은 시간에 대구의 확진자 수는 천안보다 약 50배 많았다.

4. 경과

우리나라는 코로나19의 대처 모범국으로 알려지기 시작했고, 이탈리아 등 유럽의 여러 국가와 일본, 미국은 안일함이 가져다주는 참혹한 결과를 겸허하게 받아들이고 있었다.

우리나라가 코로나19 대처를 잘한 것에는 몇 가지 이유가 있다고 본다. 첫째로 전 국민이 마스크와 손 씻기, 사회적 거리두기를 생활화했고, 둘째로 환자가 나오면 그의 경로를 투명하게 드러냈다. 마지막으로 세계 최고의 검사 시행능력을 보여주었다.

구급 환자가 많이 줄었다. 두 가지 정도의 이유가 있었다. 첫째, 사람들이 많이 다니지 않으니 교통사고가 줄었다. 둘째, 병원에 가는 것이 더 안전하지 않다고 생각하니 조금 아픈 것은 그냥 참는 것 같았다. 다행이라고 해야 할지 불행이라고 해야 할지 모르겠다.

정부는 대구 경북 지역을 특별재난지역으로 선포했다. 내가 거주하는 천안은 확진자 100여명에서 추가 환자가 늘지 않고 있다. 천안시 홈페이지를 들여다보면 확진자 접촉 수에 깜작 놀라게 된다. 어떤 확진자는 한두 명이지만 어떤 확진자는 100명~200명까지 접촉을 했다. 한두 명이 조심한다고 될 일이 아니다. 모두가 노력해야 한다. 이제 우리 국민은 코로나 예방수칙을 생활화했고, 감염관리본부와 의료진들의 노력으로 조금씩 확진자가 줄고 있다. 그러나 다른 나라는 이제 시작이다.

아침에 반려견과 산책하다가 동네 아저씨를 만나 물었다.

"이제는 천안도 조금 안정된 것 같네요."

"잘 나가다가 서울 은혜의 강에 출석하는 20대 청년 때문에 다시 확진자가 늘었어요. 교회 다니는 놈들 당최 말을 안 들어…."

기독교인으로서 고개를 숙였다. 같이 운동하는 소방관 한 분이 대구로 방역 파견 간다고 한다. 잘 다녀오시라고 했다. 대구로 많은 의료진이 가고 있다. 언론들은 질병관리본부 정은경 본부장과 대구로 달려간 의료인들을 영웅이라고 하는데, 나 역시 백번 동의한다. 하지만 자발적으로 외부와 접촉을 끊고 아이들을 지키는 어머니들도 영웅에 포함시키면 어떨까?

5. 태양은 다시 떠오른다

새벽 5시, 밤새 술을 먹고 들어온 40대 중반 남성이 집에서 못 움직인다는 신고를 받고 출동했다. 구급차에서 내려서 감염보호복을 입었다. 지 반장과 함께 신고된 집으로 들어갔다. 전혀 못 움직이는 환자다. 열을 측정하니 39도다. 환자를 옮기던 중 계속 토를 했고, 일부는 내 감염보호복에 묻었다. 감염보호복, 너만 믿는다.

환자를 구급차로 옮겼다. 다행히 근처 종합병원에서 받아주었다. 고열환자라 코로나 의심환자로 분류되어 음압격리병실에서 가서 검진을 하고, 코로나 결과가 나올 때까지 기다려야 한다. 환자를 인계하고 우선 분무하는 소독제로 구급차 소독을 했다. 그리고 근처 소방서에 있는 전문 소독장비로 재차 소독하려 핸들을 돌렸다.

우리 센터의 방향은 그 병원 기준으로 서쪽이다. 하지만 소독하러 가는 근처 소방서는 동쪽이다.

6시 30분쯤 되었나? 해가 뜨고 있었다. 오늘의 해는 유난히 크고 붉었다. 눈이 부셨다. 그간 태양이 뜨는 것을 망각하고 있었다. 해는 매일 뜨고 있었구나.

두 달간 해가 없는 듯이 일했던 것 같다. 떠오르는 해를 보니 기약은 없지만, 우리의 희망도, 건강도 다시 환해질 날이 분명히 있을 것이라는 확신이 생겼다. 다시 딸을 고향에서 데리고 와서 손잡고 놀이터에서 뛰어노는 날을 꿈꾸어 본다. 그때가 빨리 왔으면 좋겠다.

지극히 작은 자 하나에게

관내 모 성당에 작동기능점검 확인하는 날이다. 작동기능점검이란 소방시설을 인위적으로 조작하여 정상적으로 작동하는지를 점검하는 것이다.

그 성당에는 고등학교 친구가 신부로 있다. 친구 신부는 어떻게 지내고 있을까. 설레는 마음으로 소형펌프차를 주차하고 유 반장과 함께 차에서 내렸다.

불량내역에 있던 감지기와 소화기를 점검하는 도중이었다. 마침 수녀님을 만나게 되어, 친구 신부님이 아직도 여기서 근무하고 있는지 여쭈어봤다. 수녀님은 환한 미소와 함께 신부님의 안부를 전해 주셨다.

김 신부님은 1년 전 독일 유학 하러 갔는데, 며칠 전 부친상으로 한국에 잠시 와 있다는 것이다. 고등학교 때 대전에서 논산으로 역유학 온 친구다. 학교에 1등으로 들어와서 수능 1등 점수로 나갔고, 무전여행에 관한 책을 쓰기도 했다. 내가 그 친구를 좋아한 이유는 공부를 잘 한 것도 있지만, 인성이 좋았기 때문이다.

수녀님은 그의 전화번호를 알려주셨다. 상중이어서 미안한 마음으로 전화를 했다.

“나 이상인데, 기억나니?”

“당연하지! 기타맨 아니야?”

너무 반가웠다. 일주일 후 독일로 다시 돌아간다고 했다. 내가 함께 식사 한 번 하자고 제안했지만, 이번 주는 누구와도 만나지 않고 어머니 곁을 지켜드린다고 했다. 과연 친구다웠다.

성직자 생활에 어려움이 없냐고 물으니 좋다고 했다. 중학교 때부터 하고 싶은 일을 정해서 쭉 하는 친구였다. 김 신부는 나에게 무슨 일을 하는지 물었다.

“나? 대한민국 소방관이지!”

잠시 동안 상념에 빠졌다. 지난날들이 파노라마처럼 스쳐 갔다.

나는 방화범이었다. 21세기에 LED전등도 ‘불’에 속한다고 우긴다면 말이다. LED 제조업체에서 엔지니어로 5년간 일했다. 어떻게 하면 밝은 불을 만들까 고민했으니, 우스갯소리로 말하자면 방화범이 맞는 것이다. 고휘도 LED를 만들려고 고군분투했으나, 산업의 흐름은 중국으로 이동 중이었고, 결국에는 월급도 나오지 않았다.

아프리카의 어떤 부족은 기발한 방법으로 원숭이를 포획한다. 호리병에 바나나를 넣어 놓으면 원숭이가 그 바나나를 잡는다고 한다. 바나나를 놓지 않는 원숭이는 호리병 입구가 좁기 때문에 손을 빼지 못해, 결국 원주민에게 잡힌다고 한다. 내가 그 원숭이랑 다를 것이 없었다. 오른손에는 대학교 때 배운 공학, 왼손에는 2년여 기간 동안 학습된 중국어를 꼭 쥐고 있었다. 그 결과 가난과 실패라는 원주민이 나를 잡아가려 했다. 나는 10년 동안 움켜쥔 바나나를 손에서 놓아야만 했다.

백지 상태로 돌아가 공무원이 되기로 결심했다. 사람 살리고 도와주는 일이 좋아 소방관이 되고 싶었다. 절박함의 결과로 결국 나는 소방관이 되었다.

20살까지 살았던 고향 집에는 초등학교 1학년 때 그린 그림이 아직도 걸려 있다. 소방관이 불 끄는 그림이었다. 그 액자 안의 소방관은 10년 동안 내게 이렇게 말했는지 모르겠다.

'내가 계속 말했잖아. 이상아! 소방관 되라고, 왜 이렇게 돌아왔니?'

김 신부는 이런 말을 했다.

"이상아! 네가 나보다 보람찬 일을 하는 것 같다. 나는 성도들에게 성경 말씀대로 예수님을 본받아라, 네 이웃을 내 몸같이 사랑하라고 말하는데, 너는 예수님 말씀대로 살고 있잖아!"

그러면서 성경 구절을 하나 말해 주었다.

내가 진실로 너희에게 이르노니, 너희가 여기 내 형제 중에 지극히 작은 자 하나에게 한 것이 곧 내게 한 것이라.(마태복음 25장 40절)

전율이 흘렀다. 나는 꽤나 보람찬 직업을 가진 자였다. 이웃을 도울 수 있는 그런 직업, 흔치 않다.

김 신부가 나에게 건네준 마지막 가르침은 깊은 울림이 있는, 내가 은퇴할 때까지 가슴 깊이 새겨두고 싶은 말이었다.

"어렵게 도움을 요청하는 자, 그가 바로 예수님이다!"

그날 이후 나는 더욱 진정성 있게 요구조자나 환자를 대하고, 화마와 싸운다. 내가 돕고 있는 사람들은 어려운 환경 속에 놓인 예수님이다.

에필로그

풋내기에서 진정한 소방관이 되기까지

'풋내기'라는 말을 좋아한다. 풋내기는 경험이 없어서 일에 서투른 사람이란 뜻도 있고, 차분하지 못하여 객기를 잘 부리는 사람이란 뜻도 있다. 소방사 시절에 나는 말 그대로 풋내기 그 자체였다.

처음 소형펌프차 기관원이 되었을 때, 도심 한가운데에서 대나무숲이 불타고 있었다. 그런데 차량 조작 미숙으로 소방차에서 물이 안 나오는 것이다. 진압대원들은 손에 소방호스를 들고 나만 바라보고 있었다. 내 얼굴은 사색이 되고 얼어붙은 채, 전전긍긍하고 있었다. 그때 한 선배가 뛰어와 버튼 하나를 해제시켜주었다. 그제야 소형펌프차는 물을 내보낼 수 있었다.

이 책 곳곳에는 차분하지 못하여 객기를 부리고, 경험이 없어서 일에 서투른 나의 풋내기 시절의 모습이 그대로 드러나 있다.

『슬램덩크』의 안 감독은 "풋내기가 상급자로 가는 과정은 자신의 부족함을 아는 것이 그 첫 번째"라고 말했다. 나는 나의 부족함을 알고 나아지려고 노력했기에 이 책에 기록할 수 있었고, 공유할 수 있었다.

혹시라도 소방관을 꿈꾸는 분이 있다면, 소방관이라는 직업에 대해 어느 정도 현실적인 감을 잡으셨길 바란다. 그리고 새로 시작하는 소방관 여러분은 이 책을 통해서 나와 같은 실수를 반복하지 않기를 바란다.

책이 나오기까지 많은 분들에게 도움을 받았다.

내 글을 가장 먼저 읽고 피드백을 준 아버지와 동생에게,
너무 좋은 이야기만 쓰지 말라고 하신 센터장님께,

화재·구조 분야를 감수해 주신 소방관 우희재님께,

구급분야를 감수해 주신 나사렛대학 응급구조학과 심규식 교수님께,

소방활동 사진을 제공해주신 충남 소방 족구동호회 회원분들께,

희미해진 기억을 되살리고자 취재에 응해준 동료 소방관들에게,

부족한 글을 다듬고 편집해주신 도서출판 푸른향기에게

진심으로 감사드린다.

소방조직은 지난 4월 1일 지방직에서 국가직으로 전환되었다. 친척들 모임에 가면 이런 얘기를 듣곤 했다.

"이상아, 이제 정규직 돼서 좋겠다. 비정규직으로 얼마나 힘들었니?"

소방관은 비정규직이 아니라 지방직 공무원에서 국가직 공무원으로 전환된 것임을 다시 한 번 밝혀둔다. 국가직 전환을 위해 노

력해 주신 국회의원님들, 튀는 것을 싫어하는 공무원 조직에서 모습을 드러내며 일인시위에 동참한 선배 소방관님들, 거기에 고개를 끄덕여주신 국민들께 진심으로 감사드린다.

소방의 국가직 '전환'에서 두 획을 빼면 국가직 '진화'가 된다. 나는 국가직 진화라고 생각한다. 소방 서비스 격차 해소, 국가재난의 신속한 대응의 진화를 보면서 누군가 나에게 속삭이는 소리를 듣는다. 너도 진화되어 보라는 것이다. 풋내기 소방관이 넘어서 진정한 소방관이 되어 보라는 것이다.

오늘도
구하겠습니다!

초판1쇄 2020년 5월 20일 **초판2쇄** 2020년 10월 15일 **지은이** 조이상 **펴낸이** 한효정 **편집교정** 김정민 **기획** 박자연, 강문희 **디자인** 화목, 이선희 **일러스트** macrovector **마케팅** 유인철, 김수하, 이산들 **펴낸곳** 도서출판 푸른향기 **출판등록** 2004년 9월 16일 제 320-2004-54호 **주소** 서울 영등포구 선유로 43가길 24 104-1002 (07210) **이메일** prunbook@naver.com **전화번호** 02-2671-5663 **팩스** 02-2671-5662
홈페이지 prunbook.com | facebook.com/prunbook | instagram.com/prunbook

ISBN 978-89-6782-104-3 03810

값 14,500원

이 도서의 국립중앙도서관 출판예정도서목록(CIP)은 서지정보유통지원시스템 홈페이지(http://seoji.nl.go.kr)와 국가자료공동목록시스템(http://www.nl.go.kr/kolisnet)에서 이용하실 수 있습니다.
CIP제어번호 : CIP2020018217